AF217003

Rowohlt Verlag GmbH, Kirchenallee 19, 20099 Hamburg

Kontaktadresse nach EU-Produktsicherheitsverordnung:
produktsicherheit@rowohlt.de

Lucy Fricke, 1974 in Hamburg geboren, hat am Deutschen Literaturinstitut Leipzig studiert, lange Jahre beim Film gearbeitet und Romane und Erzählungen veröffentlicht. Für ihre Arbeiten wurde sie mehrfach ausgezeichnet. Ihr Buch «Töchter» erhielt den Bayerischen Buchpreis 2018. Seit 2010 veranstaltet Lucy Fricke HAM.LIT, das erste Hamburger Festival für junge Literatur und Musik. Sie lebt in Berlin.

«An Fridas Seite wandelt der Leser erst durch ein fremdes Land und dann durch ein ihr fremd gewordenes Leben, wobei sich weder in dem einen noch in dem anderen erahnen lässt, wie es hinter der nächsten Ecke weitergeht. So schön, das muss man sagen, hat man sich lange nicht mehr verlaufen.»
(Lena Bopp, Frankfurter Allgemeine Zeitung)

Lucy Fricke

TAKESHIS HAUT

Roman

Rowohlt Taschenbuch Verlag

Die Autorin dankt

der Villa Kamogawa, Kyoto, Goethe-Institut Japan,
der Kanzlei für kulturelle Angelegenheiten des Berliner Senats,
dem International Writing Program, Universität Iowa, USA,
für die Unterstützung.

4. Auflage Juli 2022

Veröffentlicht im Rowohlt Taschenbuch Verlag,
Reinbek bei Hamburg, Dezember 2015
Copyright © 2014 by Rowohlt Verlag GmbH,
Reinbek bei Hamburg
Umschlaggestaltung any.way, Hamburg,
nach einem Entwurf von Anzinger | Wüschner | Rasp, München
Umschlagabbildung plainpicture / Frank Baquet
Satz aus der Dante PostScript
bei Pinkuin Satz und Datentechnik, Berlin
Druck und Bindung BoD – Books on Demand GmbH,
Norderstedt, Germany
ISBN 978-3-499-26673-7

Siebenmal hinauf- und hinunterrollend
und sich achtmal wieder erhebend.

(Japanisches Sprichwort)

ZUHAUSE

1

Es gab ein Volk, das behauptete, es könne hören, wie die Sonne nachts durch das Meer nach Osten wanderte. Manchmal, kurz vor dem Einschlafen, dachte Frida daran. Wie eine Feuerwalze klang das, die mit brutaler Geduld das Wasser verdrängte, es an den Ufern aufschlagen ließ. Im nächsten Moment war es ein zärtlicher Sog, wie von einem Rochen, der durch die Tiefe schwebte.

Hinter ihren Lidern wurde es rot, blinkte, einmal, zweimal, dann schneller, und erst als das Licht dauerhaft auf sie einschlug, verstand sie, dass draußen jemand Sturm klingelte. Hier drinnen hörte sie nichts, doch die rote Lampe flackerte und versuchte Dringlichkeit zu signalisieren.

Frida verließ die Kabine, sah durch das Fenster drei Leute draußen stehen. Sie schob den Riegel zur Seite. Die Tür war noch nicht einmal ganz offen, da huschte schon ein Typ mit Kamera an ihr vorbei, knipste die Leuchte an und filmte das Studio ab. Ein anderer schlug ihr auf die Schulter, als würden sie sich nach Jahren plötzlich auf einer Party wiedertreffen, wo beide sonst niemanden kannten.

Hab ich mir doch gedacht, dass Sie nichts hören. So ist das immer bei euch Tonfuzzis, sagte er.

Und Frida dachte: Der Mann ist ein Arschloch, du musst ihn sofort rausschmeißen.

Da sagte er lächelnd: Wir sind verabredet. Ich bin Mike.

Die Hand, die er ihr hinhielt, war weich und schwitzig,

Alkoholiker wahrscheinlich oder Diabetes, im schlimmsten Fall beides.

KiKA, sagte er, Tigerentenclub. Wir haben telefoniert.

KiKA, wiederholte Frida und konnte sich an nichts erinnern. Es war davon auszugehen, dass der Kerl recht hatte, sonst würde er jetzt nicht mit seinem gesamten Team vor ihrer Tür stehen. Hinter ihm lehnte einer mit dickem Kopfhörer um den Hals und strahlte sie an. Schon bei seinem Anblick war klar, dass er sie später fragen würde, ob er nicht ein Praktikum bei ihr machen könnte. Praktikantengesichter erkannte sie sofort.

KiKA. Gab es auf der Welt noch zwei so unschuldige Silben, hinter denen sich etwas ähnlich Grausames verbarg?

Frida trat einen Schritt zurück und sagte, was sie nicht hatte sagen wollen und auch nicht so meinte: Ja, sicher. Kommt doch rein.

Auf dem Parkplatz öffnete sich die Tür eines Vans, aus dem zwei zwanzigjährige Kinder in Janoschpullis hüpften.

Ich mach uns erst mal einen Kaffee, rief sie zu Mike hinüber und floh in die Küche. Dort stand es im Kalender, 11:00, KiKA. Es musste ein grausiger Tag gewesen sein, als sie dem zugestimmt hatte, ein Tag mit geplatzten Aufträgen, Stromnachzahlung, Streit mit Robert, Assi krank, beim Löten die Finger verbrannt, so ein Tag.

Seit Frida vor Jahren mit SAT.1 über den Flohmarkt gegangen war, hatte sie beschlossen, sich nicht wieder auf Derartiges einzulassen. Damals hatte das Telefon gar nicht mehr aufgehört zu klingeln, immer waren es Mütter gewesen, die sie zu Kindergeburtstagen eingeladen und dabei von Vorführen gesprochen hatten. *Da können Sie vielleicht ein bisschen was vorführen, was ordentlich Krach macht,* und als sie ihnen sagte, dass das nicht ihre Profession sei und ihre übliche Tagesgage zudem bei 800 Euro liege, beschimpften sie Frida als herzlos und geldgeil.

Aus dem Aufnahmestudio drang grölendes Gelächter. Wahrscheinlich hatten sie die Pupsknete gefunden. Davon besaß Frida zehn Dosen, die waren ihr in den letzten Monaten geschenkt worden, sämtlich von Freunden mit Nachwuchs. Ein beliebtes Produkt aus der Spielwarenabteilung, mit dem sie rein gar nichts anfangen konnte. In deutschen Filmen wurde nicht gepupst, das war vielleicht das letzte Tabu.

Sie dachte darüber nach, sich kochendes Wasser über die Hand zu schütten. Wann immer Frida nicht weiterwusste, wünschte sie sich eine Katastrophe, gebrochene Knochen, brennende Häuser, irgendetwas, das so groß und bitter war, dass ihr ursprüngliches Problem darin einfach untergehen könnte. Die Alternative lautete: zusammenreißen, daran denken, dass sie schon ganz anderes und viel Schlimmeres, dass sie immer noch lebte und das nicht mal schlecht. Die Alternative lautete: Kopf ausschalten, Rücken strecken, weitermachen.

Frida startete ihre Vorführung mit einem Horrorfilm, für den sie sich einiges hatte einfallen lassen. Besondere Freude machte ihr der Messerstich in den Brustkorb, hinein bis ins Herz: Lasagneplatten in ein feuchtes Handtuch gewickelt, die Platten leicht eingeweicht, diese Mischung von Knacken und Saftigkeit, eine Meisterleistung war das. Im Studio lagen immer noch Selleriestangen herum, es waren viele Knochen gebrochen und durchstoßen worden in diesem Film. Frida hatte Körper zersägt und abgetrennte Köpfe im Kühlschrank tropfen lassen. Lange hatte sie nicht so viel Spaß gehabt.

Ein leises Würgen ließ sie aufblicken. Sie war hier beim falschen Kanal. Diese Leute träumten von Hamstern, mit Bindfaden aneinandergebunden, die eine fahrende Kutsche simulierten. Diese Leute waren mit der Vorstellung angereist, Frida mache hier einen drolligen Job. Also stoppte sie den Horror und gab ihnen, was sie erwartet hatten.

Sie wechselte zur Beziehungskomödie, zog sich Damenschuhe an, die diesen Namen verdienten, und stöckelte, synchron zum Bild, durchs Studio. Mit einer leichten Metallscheibe machte sie mächtig Wind, während das Mädchen auf der Promenade auf und ab lief, aus Fridas Kehle drang ein Möwenkreischen, und die Tigerenten klatschten aufgeregt. Es war erstaunlich, wie wenig die Leute hörten, obwohl sie jeden Tag untergingen in Geräuschen. Sie nahmen sie nicht wahr, kannten deren Klang kaum. Wie versonnen sie schauten, wenn Frida ihnen ein Geräusch gab – wenn sie zum ersten Mal den Klang einer Jacke wirklich hörten, das Öffnen einer Handtasche, das Verschließen einer Tür, einen anfahrenden ICE, das Rauchen einer Zigarette, das niemals bloß Rauchen war. Es gab mindestens zwanzig Arten, eine Zigarette zu rauchen, und jede klang anders. Frida konnte Menschen allein daran erkennen. Manche sogen den Rauch ein, als würden sie künstlich beatmet, andere stießen ihn mit einem dünnen Pfeifen aus, und einige rauchten, wie sie atmeten, leise, gleichmäßig, dazu nur das Knistern des Tabaks. Das waren die Verträumten, Verliebten. Die Glücklichen.

Zwei Stunden sprang, stampfte, stöckelte Frida in dem

Studio herum, machte Gewitter, Pferderennen und Feuerwerk, verstand die Witze der Moderatoren nicht, hatte auch keinen Praktikumsplatz und brauchte keine Kopie von der Sendung.

2

Wie die Liebe da rausqualmte. Frida sah das Licht im Haus, betrachtete den Rauch, der aus dem Schornstein stieg, stellte den Motor ab. Alles war ruhig. Die gemauerten Schulden mit zu kleinen Fenstern darin. Das hatte sie beide von Anfang an gestört, die zu kleinen Fenster und die Tür aus Fichte. Das war das Erste gewesen, das sie hatten ändern wollen. Fünf Jahre war das her und die Tür mittlerweile so verzogen, dass man sie nur noch mit einem Knall hinter sich schließen konnte, als würde man das Haus für immer verlassen. Hätte Frida wirklich vor, nie wiederzukommen, müsste sie die Tür offen stehen lassen. Das Fehlen des bekannten Geräusches würde Robert durch die Glieder fahren. Aber sie ging jeden Tag mit einem gequälten Knall, den niemand mehr hörte. Sie kam sogar mit einem Knall zurück. Der hatte etwas Stumpfes an sich: ein müder Körper, der gegen massives Holz fiel und dann die Tür von innen abschloss.

Zuhause.

Roberts Schürze hing, noch feucht vom Dunst, über dem Küchenstuhl. Sie hörte seine Schritte auf der Treppe.

Du kommst spät, sagte er.

Seit Wochen kam Frida spät, manchmal zu spät, manchmal gar nicht, verbrachte die Nächte gleich im Studio unter

Monstern oder schwitzte im schweren Mantel, das Sturmgewehr im Arm, eine ganze Staffel lang.

Robert schenkte ihr Wein ein, den Burgunder aus Baden, von dem sie noch vier Kartons im Keller hatten. Mit diesem Wein macht man auf keinen Fall etwas verkehrt, hatte es geheißen, und das war ja schon mal was. Sie legte den Kopf an Roberts Schulter und sagte: Ich kann heute nicht so lang. Ich muss morgen noch drei Menschen umbringen.

Ich dachte, es wären schon alle tot.

Mir kamen Tigerenten dazwischen. Aber morgen, sagte sie, morgen wird der Rest der Truppe ausgelöscht. Nie wieder mache ich eine Kriegsserie. Das ist körperliche Schwerstarbeit. Erinnere mich bloß daran.

Eigentlich steht dir das ganz gut.

Ich hätte nicht gedacht, dass eine Frau mit einer AK-47 im Arm sogar bei dir funktioniert.

Während der ersten Aufnahmen hatte Frida den Eindruck gehabt, dass der Assistent sie plötzlich lüstern ansah. Andererseits war er ein Junge, der sich eine Pistole auf die Brust hatte tätowieren lassen, da war mit so etwas zu rechnen gewesen. Robert interessierte an Kriegen ausschließlich die Taktik. Als sie ihm letzte Woche einige Szenen vorgespielt hatte, war er am Tisch eingeschlafen.

Sie trank einen Schluck, als plötzlich das Rattern von Scheinen aus einem Geldautomaten durch die Küche schallte. Auf dem Display sah sie eine unbekannte Nummer, ging trotzdem ran und bereute es sofort. Dreimal sagte sie nein, dann legte sie auf.

Neuer Klingelton?, fragte Robert, und Frida erzählte ihm von dem Jungregisseur, der sie seit einer Woche täglich anrief und das sehr wahrscheinlich so lang tun würde, bis sie weich geworden war. Eine Pest, sagte sie. Es war schwierig, diese Jungs loszuwerden. Sie waren besessen und begeistert von sich selbst, und zu oft war Frida darauf reingefallen, in ihrer Jugend persönlich, jetzt bloß noch beruflich, doch das Ergebnis blieb das Gleiche: Sie verschwendete Zeit, Geld und Energie. Von allem besaß Frida derzeit nicht besonders viel, und so sagte sie dem Jungregisseur seit einer Woche: Rufen Sie mich nicht mehr an. Das schien ihm zu gefallen. Allzu oft weckte man Ehrgeiz in den Falschen.

Robert wollte wissen, ob Frida sich den Film wenigstens angesehen habe, und das hatte sie nicht, natürlich nicht. Hatte sie sich den Film erst einmal angesehen, dann brauchte eine Ablehnung Gründe, erklärte sie, inhaltliche Gründe, was besonders enervierend war. Inhaltliche, sogenannte ehrliche Kritik, die dann stundenlang wegdiskutiert werden musste. Als gäbe es tatsächlich gute Gründe für ereignislose Filme mit kargen und abgehangenen, wenn nicht eigentlich verschimmelten Dialogen.

Robert schenkte ihr erneut das Glas voll.

Ist ja gut, sagte er. Komm wieder runter. Der Junge hat seinen ersten Film gemacht. Er gibt dafür alles.

Soll er doch, sagte sie, aber dass diese Typen immer gleich erwarten, dass die ganze Welt alles dafür gibt, das geht mir auf die Nerven. Und natürlich immer für umsonst. Das haben sie nämlich vergessen in ihrer Kalkulation. Die Vertonung, wenn nicht gar die gesamte Postproduktion, ist ihnen so durchgerutscht, oder sie haben dann doch ein bisschen länger gedreht, ist alles ein bisschen teurer geworden, und schon mit dem letzten Drehtag war das Geld alle, und jetzt schnorren sie sich durchs Telefonbuch. Am Ende bist du es, der ihnen den Film ruiniert, die Festivals, den Durchbruch. Eigentlich bist du schuld, dass sie die letzten drei Jahre in den Wind geschossen haben, weil ihr Film niemals fertig wird.

Frida holte Luft.

Scheiße, sagte sie, das muss doch mal aufhören mit dem Low Budget.

Sie schob einen Krümel auf der Tischdecke hin und her, hörte ihn knistern unter ihrem Finger. Eine ihrer neuesten Macken, über die Tischdecke streichen, Kerzenwachs abkratzen, die Oberflächen glätten.

Guck dir den Film an, sagte Robert, vielleicht taugt er was.

3

Robert war in seinen Einschätzungen, Vermutungen und Instinkten sicherer als sie. Ohne seine Klarheit würde Frida wahrscheinlich immer noch an irgendeinem Empfangstresen sitzen. Wahrscheinlich säße sie ohne Robert sogar an einem ganz anderen Tresen, und das schon vor sieben, wenn das Bier am kältesten war und die Barhocker noch frei. Kurzum: Frida verdankte Robert ihr jetziges Leben. Und ließ ihn das keine Sekunde spüren. Seit Wochen konnte sie nur daran denken, dass ihr Auto ohne TÜV fuhr, sie ein neues Mischpult brauchte und mittlerweile die dritte Produktionsfirma, für die sie gearbeitet hatte, in die Insolvenz gegangen war. An all das dachte Frida auch jetzt, als sie die Tür zum Studio aufschloss und mit dem Fuß die Post zur Seite schob. Unangenehmes Zeug, diese grauen Umschläge. Alles Unangenehme steckte in grauen Umschlägen, das Finanzamt, der Polizeipräsident, das waren Briefe, die sie nicht lesen wollte. Frida ging darüber hinweg, setzte Kaffee auf, wahrscheinlich war sie der letzte Dienstleister in der Filmbranche, der noch anständigen Bohnenkaffee ausschenkte, in einem Becher, der am Rand angeschlagen war.

Auf dem Tisch lag seit Tagen der Film, ohne Anschreiben, ohne Karte, ohne Pralinen, ohne Schnaps. Selbstbewusst, dachte Frida. Sie wusste nichts von ihm. Wahrscheinlich zog er sich an wie ein Skater. Fast alle Jungregisseure sahen so aus. Sie fragte sich, ob aus einem Skater überhaupt etwas anderes werden konnte als Filmemacher oder DJ. Das Einzige, was sie von ihm kannte, war seine Stimme, die brüchig klang, gebrochen fast, als wäre er noch nicht ganz aus einem Albtraum erwacht. Vielleicht hatte er traumatische Jugendjahre in einem Elite-Internat verbracht oder als Kind den Tod der Schwester mit ansehen müssen, etwas in der Art. Auf jeden Fall hatte er ziemlich einen mitbekommen, das hörte Frida sofort.

Sie setzte sich in ihre Kabine, um das Hüftknacken rauszuschneiden. Eigentlich müsste das ein Arzt erledigen, fand sie, ein für alle Mal. In dem kleinen Raum, in dem nichts war außer Technik und Ventilation, hörte sie ihre eigenen Laufschritte über die Boxen. Sie fügte das Knirschen der Sandpiste hinzu, sah die Bilder auf zwei Monitoren: Es knackte bei jedem Schritt. Sie hielt die Spur an, machte einen Schnitt, ließ eine Sekunde laufen, schnitt wieder. Eine stupide Arbeit, die sie nur aus Scham selbst erledigte. Das eigene Hüftknacken war zu intim, da ließ man keinen Assistenten ran. Wenn

Frida in ihrer Kabine saß, könnte draußen die Apokalypse anbrechen, und sie würde sie verpassen. Ein Ort, der keine Zeit kannte, der überall sein konnte, ein Ort wie ein Körper ohne Gebrechen. Nirgendwo sonst gab es Stille. In den trockensten Wüsten heulten die Dünen, wenn der Wind an ihnen zerrte, und das war kein tröstliches Geräusch.

Sie blickte sich im Aufnahmestudio um. Der Raum wurde langsam zu klein, ein gewaltiges Chaos herrschte. Frida sammelte jeden Müll ein, der nach etwas klang. Kürzlich hatte sie aus dem schrottreifen Wagen einer Freundin den Fahrersitz ausgebaut, der stand jetzt neben einem alten Flügelfenster. Aus jedem Jahrzehnt besaß sie einen Telefonapparat, knapp zwanzig verschiedene Brillengestelle und mindestens so viele Schuhe. Überall lagen Stoffmuster herum, Leinen, Baumwolle, Seide, Jute, Kord, Filz, Samt. Unter dem Holztisch ein Wasserschlauch, eine Plastikwanne, ein Motorradhelm, ein Bunsenbrenner, ein paar Münzen, ein paar Scheine. Darauf ein Taschenbuch, ein gebundener Krimi, eine Bibel in Leder. In der Ecke standen die Gewehre, aber heute fehlte ihr die Kraft zum Töten.

Frida holte sich frischen Kaffee, ging vorbei an ihrem Schreibtisch, und was sich auf dem türmte, brauchte nicht weniger Kraft. Seit zwei Wochen hatte sie keinen einzigen Brief geöffnet. Was ich nicht sehe, sieht mich nicht, war ihre Strategie. Sie stammte aus einer Zeit, in der es manchmal geholfen hatte, sich hinter einem Baumstamm oder in einem Bettkasten zu verstecken, bis die Lage sich entspannt hatte. Die frühen Jahre, in denen sie sich die Ohren zugehalten und dabei selbst so laut geschrien hatte, bis Ruhe eingekehrt war. Das war lang her. Heute kamen die Probleme geräuschlos, in Form von Post, manchmal per Telefon, am Küchentisch, am Tresen. Gedämpfte, schwere Stimmen. Katastrophen und Krisen machten wenig Lärm. Sie schlichen sich an, und Frida schlich ihnen entgegen.

Zuerst die weißen Umschläge, dann die grauen. Strafzettel, Rechnungen, zweite Rechnungen, Mahnungen, Werbung für Boxen, die sie schon seit Jahren verdammt gern hätte. Dazwischen eine Postkarte aus Thailand von einem ehemaligen Assistenten, der Sound 30 Meter unter dem Meer: Wahnsinn. Danach der letzte Umschlag, den sie mit geschlossenen Augen aufriss, das Papier herausnahm und durchatmete, bevor sie unter halbgeöffneten Lidern versuchte, die Zahl nicht zu erkennen, die dort stand, die fünfstellig war und ein Genickschuss.

4

Was ist denn mit dir passiert?, fragte Robert, als die Tür hinter Frida ins Schloss knallte. Du kommst so früh. Und, er begutachtete ihr Gesicht, du siehst komisch aus, aufgequollen, nein, wie Treibgut siehst du aus.

Das hast du lieb gesagt, danke.

Sie ging an ihm vorbei in die Küche, fühlte sich nicht aufgequollen, sondern ausgedörrt.

So hab ich dich noch nie gesehen. Er stand staunend vor ihr. Hast du was genommen?

Was denn genommen?

Kortison oder so. Eine geheime Botox-Behandlung vielleicht?

Setz dich, sagte sie zu ihm. Setz dich hin.

Stuhl oder Boden?, fragte er.

Boden. Boden ist besser. Da können wir sicherer umfallen.

Nebeneinander lehnten sie an der Wand.

Frida sah nach oben, ließ ihren Blick durch die Küche schweifen, durchdrang die Decke, hinauf in das darüberliegende Schlafzimmer mit der Astronautenmatratze und sagte: Ich schlage vor, wir bleiben einfach hier sitzen und verkaufen den Rest.

Was ist passiert, Frida?

Nichts. Sie reichte ihm den Bescheid. Ich habe nur gut verdient. Ziemlich gut wohl.

Frida wusste nicht, wo es hin war, das elende Geld. Wahrscheinlich hatte sie nur einfach ein Jahr lang keine größeren Sorgen gehabt. Das war schließlich exakt der Plan gewesen, da dreht man nicht durch, wenn er aufgeht. Da zuckt man nicht mal.

Ich sag Ihnen was, hatte der Steuerberater gesagt. Drei Viertel meiner Klienten treten nach einem solchen Bescheid vor den Altar. Das reduziert die Summe um die Hälfte, mindestens, und von da an jedes Jahr. Wenn das kein Grund ist.

Frida hatte wortlos aufgelegt und ihren Kopf auf den von Briefen weichen Tisch fallen lassen.

Ja, sie könnten heiraten, kleiner Kreis natürlich, ganz klein, Standesamt im Bezirk, Fläschchen Champagner, Stück Kuchen, vielleicht sogar Hochzeitsreise. Sie hätte auf dem Rückweg gleich die Ringe kaufen können, eine echte Überraschung noch vor dem Abendessen: Ehe. Das dicke Ding.

Frida lag inzwischen auf dem Boden und zerbiss ihre Unterlippe. Ein Tropfen Blut quoll hervor, als sie sagte: Ist nur Geld. Geld kommt und geht, das ist wie mit Regenschirmen. Die verlieren alle ständig, sodass jeder immer einen hat, bloß nie seinen eigenen.

Das glaubst du doch selbst nicht.

Er fiel neben ihr um. Sie lagen nur da und versuchten gleichmäßig zu atmen, bis Robert sagte: Ich könnte meine Eltern fragen.

Das wirst du nicht tun. Frida richtete sich auf. Auf keinen Fall. Deine Eltern können mich nicht ausstehen.

Robert zuckte mit den Schultern und stand auf.

Komm, sagte er. Wir werden uns ab sofort bei unseren Freunden durchfressen.

5

Heiratet doch!, hatte Martin nach dem dritten Glas Zweigelt gerufen. Das haben wir letztes Jahr auch gemacht. Zum Heiraten braucht es einen ernst zu nehmenden Grund. Wenn es keine Kinder sind, dann ist es die Steuer. Aber eines von beiden ist es immer.

Ihr seid verheiratet? Frida hörte davon zum ersten Mal. Warum feiert das denn niemand mehr?

Wir feiern nach.

Wann? Wenn die Wohnung abbezahlt ist, das Kind aus dem Haus? Die erste Hüft-OP erfolgreich überstanden?

Sie vertont gerade eine Kriegsserie, ging Robert dazwischen. Seit einer Woche läuft sie mit einer AK-47 durchs Studio.

Ich meine ja nur, Frida trank noch einen Schluck. Wir sollten wieder mehr feiern. Erst ein einziges Mal war ich bei einer großen Hochzeit eingeladen, und das waren Christen.

Schussfähig?

Frida sah Martin verständnislos an.

Die AK-47.

Nein, bei eBay gekauft. Klingt aber gut.

Astrid kam aus dem Kinderzimmer zurück und fragte: Was klingt gut?

Fridas neues Gewehr, sagte Martin.

Astrid schüttelte bloß den Kopf und widmete sich dem Nachtisch. Eine Frau mit exklusivem Humor, sie lachte ausschließlich über ihre eigenen Scherze. Als Einzige.

Unsere Trauung war sehr schön, sagte sie jetzt. Meine Mutter hat sogar Reis geworfen, und Martin nickte: Ja, sehr schön. Um welchen Krieg es denn ginge, wollte er wissen.

Sieht aus wie Afghanistan, erzählte Frida. Ist aber eigentlich egal. Wüste und Höhlen, alle paar Minuten eine Explosion, Einheiten in voller Montur, schweres Geschütz, und aus dem Boden kriechen Monster.

Das klingt total krank, sagte Martin.

Dänisch, erwiderte sie.

Robert fing einmal mehr damit an, dass sie ihr Talent verschwenden würde.

Überhaupt nicht, sagte sie. Das waren meine ersten Monster, und die sind richtig gut geworden. Frida gab schleimige Geräusche von sich, und Astrid fand eine solche Serie, wie sie sagte, unverantwortlich.

Wenn Frida recht überlegte, hätte sie bei dieser Hochzeit nicht dabei sein wollen. Es ging nur ums Prinzip. Hinterher erzählten alle, sie hätten im engsten Kreis geheiratet, und nie war Frida eingeladen gewesen. Sie gehörte zu keinem engsten Kreis.

6

Die Leinwand leuchtete rot, von den Rändern floss schwarze Farbe ein, füllte das Bild, Schriftzeichen leuchteten weiß auf. Ein nackter Mann rannte durch kleine Gassen, entlang an einem Fluss, über kleine Brücken, vorbei an kleinen Häusern, alles war klein, alles war dunkel. Die Kamera hetzte ihm hinterher. Vorbei an einem Bahnhof, an dessen Fassade in grauen Lettern stand: *Kyoto Station*. Die Stadt wirkte verlassen, ramponiert, am Straßenrand lagen Trümmer und Müll, an manchen Fenstern klebte blaue Folie, die Geschäfte waren vernagelt. Auf einem Platz eine Gruppe Menschen in weißen Schutzanzügen. Frida begann sein Laufen zu spüren, ihre Füße setzten Schritte in die Luft.

Er verschwand durch eine Glastür, auf der stand: *Hello Dolly*. Die Kamera blieb draußen, das Bild atmete an seiner Stelle, pumpte kraftlos, aber unaufhörlich. Fridas Oberkörper wurde eng, etwas presste die Luft heraus aus ihr. Schnitt. Am Tresen saß der Mann allein, immer noch nackt, vor ihm ein schweres Kristallglas. Er rief dem Barmann etwas zu, eine halbvolle Flasche wurde gebracht, die er sofort ansetzte, in wenigen Zügen leerte, ohne Gier. Alles an ihm war müde Verzweiflung. Er wandte das Gesicht der Kamera zu, sein Blick ging hinein, und er begann ein Lied zu singen, ein trauriges, das hörte Frida, auch wenn es stumm war.

Sein Kopf fiel auf den Tresen. Nicht ein Geräusch, nicht ein einziger Ton, nicht einmal Atmo, nichts. Schwarzblende. Schriftzeichen. Im Untertitel: *6 Monate früher.* Plötzlich Farben, Sonne, Freunde unter blühenden Kirschbäumen, Lachen, lautlos.

Sie spulte den Film einige Minuten vor. Ein kleiner Club, ein Konzert, auf der Bühne derselbe Mann, er schrie, schwitzte, auf seiner Brust ein blutiger Schnitt. Das Publikum eine wild tanzende Menge.

Sie sprang zur Mitte. Vor allen Häusern vollgepackte Autos. Ein Kind brüllte, eine Alte protestierte, ein Uniformierter, der beschwichtigte. Der Himmel war weiß.

Frida hielt den Film an, trat aus dem Studio. Vor den Fenstern fiel der Tag aus, es war, als schiene die Straßenbeleuchtung rund um die Uhr. Sie suchte im Telefon nach der Nummer, die in der letzten Woche am häufigsten angerufen hatte, und wählte.

Er rief begeistert ihren Namen in den Hörer, während sie nur fragte, was das sei, was er ihr da geschickt hatte. Ob sie ihn komplett gesehen habe, wollte er wissen. Er keuchte.

Da stimmt was mit Ihrer Atmung nicht.

Ich jogge, sagte er und fragte noch einmal, ob sie den Film bis zum Ende gesehen habe.

Nein, sagte Frida, nur die ersten zehn Minuten.

Dann rufen Sie mich wieder an, wenn Sie ihn ganz gesehen haben. Er klang gehetzt, als versuchte er, irgendwen abzuhängen.

Ich kann den Film so nicht zu Ende sehen. Mit der Kopie stimmt was nicht, da fehlt der komplette O-Ton. Das macht mich verrückt.

Ja, ich weiß.

Was wissen Sie?

Mit dem Ton, da ist was schiefgelaufen.

Passen Sie auf, kommen Sie doch einfach hier vorbeigerannt, und bringen Sie mir eine neue Kopie.

Kann ich nicht.

Was? Ich verstehe Sie so schlecht. Hören Sie doch mal mit dem Laufen auf.

Ich habe keine andere.

Was?

Es gibt keinen O-Ton!, schrie er.

Was soll das heißen *keinen O-Ton*? Sie haben nicht einen einzigen Ton von da drüben mitgebracht?

Alles verloren, verschwunden. Deswegen sollen Sie das ja machen.

Wenn Menschen dachten, Frida könnte ihnen eine ganze Welt bauen, und sie bräuchten sich um gar nichts zu kümmern, dann wurde es schwierig. Wenn jemand nichts hatte und vom anderen alles wollte, war es problematisch, sich in der Mitte zu treffen. Sie zündete sich eine Zigarette an und hörte, wie er endlich stehenblieb und sich ebenfalls eine anbrannte.

Und?, fragte er.

Das ist unmöglich. Dieses Land klingt ganz anders. Alles da klingt anders, die Straßen, Restaurants, die Züge, die Toiletten, die Menschen, alles.

Dann fliegen Sie doch hin, sagte er, als könnte er ihr im Handumdrehen den größten Traum verwirklichen.

Warum fliegen Sie nicht hin und bringen mir die Aufnahmen mit?

Ich kann da doch nicht noch mal hin!, und wie er das sagte, hörte es sich nach einer ziemlich üblen Frauengeschichte an. Frida hegte eine große Vorliebe für üble Frauengeschichten, und hier, so viel ahnte sie bereits, würden sich Abgründe auftun.

Ich gucke mir jetzt den Rest an, sagte sie. Und dann kommen Sie vorbei.

Sie wollen das machen?

Kommen Sie erst mal her.

Das Tuten, das Frida jetzt hörte, klang, als wäre er immer noch dran und würde das Tuten nur einspielen oder selbst pfeifen, als wäre er nicht aus der Leitung verschwunden.

Hallo?, fragte sie leise. Sind Sie noch da?

Das Telefon wurde still, die Anzeige dunkel.

Sie ging zurück ins Studio, schaute sich alles noch einmal von Anfang an und konnte jetzt die Plastikfolie an den Fenstern flattern hören, den Müll, der über die Straßen schepperte, das Knistern der Schutzanzüge. Sie sah, dass die Menschen auf dem Platz elektronische Messgeräte in den Händen hielten, die vielleicht piepten oder anders Alarm schlugen. Die Zukunft war eine Sperrzone und das hier der stillste Kriegsfilm, den Frida je gesehen hatte. Eine einzige, gewaltige Erschütterung, unverkennbar an Hiroshima erinnernd, doch ohne die brachiale Explosion, ohne Flammen, ohne Feuerwalzen. Die Zerstörung kam schleichend. Ortschaften wurden evakuiert, Notlager errichtet, Menschen flohen erst in die eine, dann in die andere Richtung. Die Hauptfigur hatte an jenem Tag etwas verloren und fand es nicht wieder. Mit ihr bewegte sich der Film durch leerstehende Häuser, durch Hilfsunterkünfte, eine abgeriegelte

Großstadt. Zeit vergeht. Die Mutter hört nicht auf zu weinen, sie sitzt auf einer Matratze, einen Tag um den anderen. Dazwischen lange Rückblenden, die Zeit davor, Familie, Arbeit, Freunde, etwas, das man im Nachhinein Glück nennen würde. Ein leises Leben, und Frida versuchte es zu hören, die Geräusche aus der Küche, auf der Straße, in den Bahnhöfen.

Sie versuchte, sich den Klang des Tempels vorzustellen, in dem der Mann zu Boden ging. Er hörte dem Gebet eines Priesters zu, am Bildrand wurde ein Gong geschlagen, der laut sein musste, der Schlag schien durch den Schauspieler hindurchzugehen. Er stand auf, er schwankte, erreichte eine Treppe, stieg sie hinab. Es war dunkel dort unten. Nach ein paar Sekunden konnte Frida zarte, flackernde Lichter an der Decke erkennen. Regale standen an den Wänden, darin aufgereiht Urnen, kleine Urnen, wie für die Asche von Kindern. Der Mann fror, sein Körper versteifte sich, er tastete sich durch den Raum, bis er vor drei Statuen zusammenbrach. Zweimal sah Frida sich die Szene an, und es gelang ihr nicht, auch nur einen Ton dafür zu finden. Sie konnte sich die Stille in diesem Keller nicht vorstellen, nicht das Gebet des Priesters, sie hatte nicht einmal eine Ahnung, ob der Gong tief klang oder hell.

Als sie den Film anhielt, wurde ihr klar, dass sie es wissen wollte. Sie wollte diesen Ort hören, und sie wollte die Stille in diesem Keller hören. Sie wollte hören, was sie sich nicht vorstellen konnte.

Der Film endete, wie er begonnen hatte. Nackt verließ der Mann das Lokal, und die Kamera schwang sich auf, erhob sich kilometerweit über die Stadt, an den Seiten franste das Bild aus, immer mehr Licht brannte sich hinein, weiter und weiter fuhr die Kamera zurück, man sah das Land übersät von gigantischen Kuppeln. Unter ihnen Städte, dazwischen Brachland und Berge. Japan hatte seine Metropolen ummantelt. Sie lebten auf ihrer Insel, obwohl sie nichts mehr von ihr hatten: Sie verweste bereits, doch unter den Kuppeln wurde noch immer gehandelt, geliebt, gestorben.

Eine halbe Stunde blieb sie im dunklen Studio sitzen, die Bilder flackerten nach.

7

Jonas, sagte er, als er ihr die Hand entgegenstreckte. Jetzt, wo Sie alles gesehen haben, würde ich Ihnen gern das Du aufdrängen.

Frida, sagte sie und nahm seine Hand.

Sie meinte ein leises Seufzen aus seiner Richtung zu hören, *Endlich*. Doch sicher war sie sich nicht.

Was ist mit dem Ton passiert?, fragte sie.

Der Ton ... der Ton, sagte Jonas und fragte, ob sie nicht vielleicht was zu trinken habe, ein Bier vielleicht.

Es war beiden egal, dass es warm war, wahrscheinlich merkte Jonas das nicht einmal. Er stand mitten im Raum, trat ständig einen Schritt vor und zurück, sein Körper sah aus, als würde er an Fäden hängen, aber schlecht geführt, der Meister oben abgelenkt. Er sah sie nicht an.

Der Ton ist verschwunden, sagte er, und zwar komplett. Vom Erdboden verschluckt. Alle Technik, alle Aufnahmen. Dabei drehte er sich eine Zigarette und sprach weiter, von der Versicherung, den Kosten, alles eine Riesenscheiße.

Es war unmöglich einzuschätzen, wie alt er war, sein Gesicht veränderte sich jede Sekunde. Wenn er nachdachte und zur Seite blickte, hätte er fast in ihrem Alter sein können, wenn sie ihn von vorn betrachtete, wurde er zu einem Jungen Anfang zwanzig, nervös und neugierig auf alles, was noch käme. Er war blass wie einer, der nachts arbeitete, und genauso dünn. Wäre Frida jünger gewesen, hätte sie sich ohne jede Hoffnung in ihn verliebt.

Es war am vorletzten Drehtag, sagte er, in einem kleinen Dorf in den Bergen. Der vorletzte Drehtag, und Tezuka tauchte nicht auf. Sein Zimmer sei leer gewesen, leergeräumt, um genau zu sein, bis auf die Matte auf dem Boden. Sie hätten erst gedacht, er habe einen Lagerkoller bekommen, oder irgendetwas Schlimmes sei zu Hause passiert, sodass er auf der Stelle aufgebrochen war. Aber sie fanden keine Nachricht und auch später keine Spur. Weder von ihm noch von dem Material. Eine Woche hatten sie ihn gesucht und dann entschieden, eine andere Lösung zu finden, und da sei ihr Name ins Spiel gekommen. Wenn das einer retten kann, dann Frida, hatte jemand gesagt, und jetzt sei er also hier.

Frida war von der Geschichte alles andere als begeistert.

Und da willst du mich jetzt hinschicken?

Nein, sagte Jonas, ich will dich da nicht hinschicken. Wirklich nicht. Ich hatte gehofft, du könntest das alles hier machen.

Ich glaube, du hast nicht ganz die richtigen Vorstellungen. Ich mache nur Geräusche, meistens mache ich Geräusche sogar nur nach, weil der Originalton Mist ist. Ich kopiere das, was ich kenne. Aber das da kann ich nicht kopieren. Das kann ich mir nicht mal vorstellen.

Während Frida das sagte, lehnte sie am Fensterrahmen, sah in den Hinterhof, dieses gemietete Versteck, aus dem sie jedem Abend herauskroch, um kurz darauf in ein gemachtes Bett zu fallen. Sie musste leise aufstoßen. Dieser Moment, in dem du in vertrauter Umgebung herumstehst und merkst, wie die Verbindungen knacken. Wie es einen Ruck gibt, der dich ein wenig schiefer dastehen lässt als sonst, und wenn dir jetzt jemand von der falschen Seite auf die Schulter klopfen würde, könnte es passieren, dass du das Gleichgewicht verlierst. Schief stehst du da, windschief, von einem Moment auf den nächsten.

Sie drehte sich zu Jonas um: Wir müssen über Geld reden, sagte sie.

Das dürfte ein kurzes Gespräch werden. Er lächelte sie an. Mein Vater ist stinkreich, und er liebt mich. Frag nicht weiter, sag mir einfach, was du für angemessen hältst.

Noch nie hatte sie eine solche Antwort bekommen.

Schlaf eine Nacht drüber, sagte Jonas. In Kyoto gibt es eine Wohnung für dich, von dort kannst du alles erreichen. Du müsstest dich um nichts kümmern.

Damit verschwand er. Frida hörte noch ein *Danke*, die Tür, die sanft geschlossen wurde, schließlich Skateboardrollen über Asphalt.

Sie ging ins Studio und erschoss die letzten drei Soldaten.

8

Robert stand vor dem Theater und sprach mit jemandem. Robert wurde ständig von irgendwem angesprochen, ihn

kannte die halbe Stadt. Das eigentliche Rätsel lag für Frida
darin, dass er sich tatsächlich an all die Gesichter erinnerte
aus fünfzehn Jahre Gastro. Als sie ihn kennenlernte, war er
für seinen Rum Sour stadtbekannt gewesen. Frida hatte es
nicht für möglich gehalten, sich in einen Barmann zu verlieben, noch viel unwahrscheinlicher fand sie, dass ein Barmann sich in sie verlieben könnte. Es war nicht ihre beste
Phase damals, als sie täglich an seinem Tresen saß. Einer,
der sie sogar in diesem Zustand für liebenswert hielt, musste es ernst meinen, oder er hatte ein Helfersyndrom. Heute
hatte Robert einen Food Truck, die besten Burger und im
Sommer nie Zeit.

Sie stürzten im Foyer einen Sekt, weil das Tradition war.
Kein Theater ohne Sekt.

Robert, sagte sie, schon nach zwei Schlucken noch auf-
gedrehter als zuvor, du hattest recht. Der Film ist phantas-
tisch.

Bevor er fragen konnte, von welchem Film sie redete –
Robert hatte fast immer recht, doch selten konnte er sich
später daran erinnern –, teilte Frida ihm mit, dass sie für den
Job nach Japan müsse, und zwar so schnell wie möglich.

Roberts Japanbild setzte sich aus ein paar Yakuza-Filmen
zusammen, allesamt untertitelte, nicht jugendfreie Ver-
sionen. Das einzige japanische Wort, das er kannte, war:
Moshi. Da sich damit jeder Verbrecher am Telefon meldete,
schien es Hallo zu bedeuten. Kurz nachdem er und Frida
sich kennengelernt hatten, fand er es ungebremst amüsant,
sich mit Moshi Moshi zu melden, wenn sie anrief. Die ersten Tage fand Frida das auch, hatte jedes Mal gekichert wie
eine Pubertätsanfängerin, und nach zwei Wochen war sie

genervt, weitere zwei hatte es gedauert, bis er das bemerkte. Und natürlich sagte er es jetzt: Moshi Moshi.

Frida sagte: Sayonara.

Sie waren beide der Meinung, dass man damit irgendwie durchkommen könnte. Hallo und Auf Wiedersehen waren Worte, die auch hier nicht jeder zu beherrschen schien, aber sie verbreiteten auf einfachste Art eine Atmosphäre der Freundlichkeit, und war die erst einmal gegeben, ließ sich über alles gestikulieren.

Welcher Film denn überhaupt?, fragte er nun doch, und Frida erzählte.

Jetzt bist du plötzlich so begeistert, dass du für einen Low-Budget-Film nach Japan fliegen willst?

Nix Low Budget, sagte sie. Sein Vater hat Geld wie Heu.

Lass dich da bloß in nichts reinziehen, Frida.

Seltsamer Typ. Ich glaube, aus dem wird was.

Der Versuch, ein entspanntes Gesicht aufzulegen, brachte seine gesamte Mimik durcheinander: Sieht er gut aus?

Ich habe noch nichts Vergleichbares gesehen, sagte sie. Keine Ahnung, womit und wie die das gedreht haben.

Du kommst vom Thema ab.

Überhaupt nicht, du kommst vom Thema ab. Der Regisseur ist ein fünfundzwanzigjähriger Skater. Ich bitte dich.

Ich hab es immer gewusst, irgendwann wirst du mich für einen Jüngeren verlassen.

Jünger als du. Frida lachte. Nicht jünger als ich.

Er sah sie an, ungewohnt ernst, und sagte: Also ein fünfundzwanzigjähriger Skater dreht einen Film über das Ende der Welt, den sein Vater bezahlt, und du willst dafür nach

Japan. Nimm es mir nicht übel, aber irgendwas an der Geschichte stinkt.

Damit stellte er sein leeres Glas ab und zog sie in den Saal zu bestialisch fröhlicher Musik, geflüsterten Intrigen, gebrochenen Schwüren, herausgebrüllter Liebe, zu Tanz und Doppelhochzeit. Viel Lärm um nichts.

Du wirst also ja sagen?, fragte Robert auf dem Heimweg, und sie zuckte zusammen, dachte, sie müsse sich jetzt und hier bekennen, ihm eine verbindliche Antwort geben, die nicht herauskommen wollte. Andererseits: Würde nicht alles bleiben, wie es war, nur die Haare würden grau und die Haut schlaff? Gäste würden kommen und gehen. Ein paar Erfolge, ein paar Niederlagen noch, manchmal Sex, meistens nicht. Sie schwieg.

Er sah zu ihr herüber und lachte.

Frida, keine Angst, das war kein Antrag. Den müsstest sowieso du machen, und bitte so romantisch wie möglich. Egal, wie schwer es dir fällt, den Moment möchte ich mir einrahmen.

Wieso müsste ich den machen?

Weil deine Antwort Nein wäre. Du sagst zu all meinen Vorschlägen Nein. Ist dir das noch nie aufgefallen?

Nein.

Am Ende sagst du allerdings meistens ja. Das dauert zwar ein paar Stunden, Tage, Monate, aber ich bin geduldig. Bloß bei dieser Frage möchte ich mir den Stress nicht antun. Kein Mensch will da ein Nein hören, egal, ob es später zurückgenommen wird oder nicht. Ganz klar, der Ball liegt bei dir. Du hast ihn überhaupt erst aufs Feld gelegt.

Das war der Steuerberater.

Frida, manchmal glaube ich, von der Liebe verstehst du wirklich gar nichts.

Ach, sagte sie, seit ich dich kenne schon. Und meinte das sehr ernst.

Mehr will ich nicht hören, meinte Robert, und dass er eigentlich nur fragen wollte, ob das mit Japan schon sicher sei.

Willst du mit?

Geishas, Kirschblüte, Kriegsverbrechen, sagte er, ein Land, in dem sich die Leute zu Tode arbeiten. Und Alkohol vertragen sie auch nicht. Was kann ich da wollen?

Du musst nichts wollen, nur mal angucken.

Musste man denn immer was wollen, fragte sie sich, verputzte Wände, Sex an den fruchtbaren Tagen, blauen Himmel, Kinder im Garten, Geld auf der Bank, Seide zwischen den Zähnen.

Immerhin, sagte Frida, haben die Japaner die beste Küche der Welt.

Wir laden zum Abschied ein paar Leute ein, ich koche was Gigantisches, und dann will ich mal wissen, wer hier die beste Küche der Welt hat.

9

Impfungen: keine benötigt.

Reisepass: noch ewig gültig.

Kirschblüte: zu früh

48 Stunden. Das Studio durchlüften, die Post beantwor-

ten, Daten sichern, Abwesenheit einrichten, Chilibäume gießen. Zwischendurch auf das Ticket schauen, freuen.

Die Ferne würde ihr guttun, dachte Frida. Das hoffte sie immer, dass die Ferne gut wäre, dass sie Gewicht abschüttelte auf dem Weg, ganz verzückt sein könnte, darüber, wie sie da stand, am anderen Ende der Welt, weicher und ruhiger als erwartet.

Sie spürte eine Neugier wie seit Jahren nicht. In einem Reiseführer las sie, dass unbedingt mitzunehmen seien:

Slipper

Socken ohne Löcher

Geschenke (Postkarten, typische Kleinigkeiten)

Sie besorgte sich leichte Schuhe, mit denen sie durch halb Kansai würde laufen können, Tabletten gegen Kopfschmerzen, Durchfall und welche für den Schlaf. Sie schaute auf die Listen, die Jonas ihr geschickt hatte, breitete den Stadtplan von Kyoto aus. Sie kontrollierte all ihre Geräte, lud die Akkus. Sie füllte Champagner in Gläser, warf in jedes ein Stück mit Angostura beträufelten Würfelzucker, sie servierte James Bond.

Aus der Küche drang der Geruch von flambiertem Hahn. Der machte Gäste glücklich, schon bevor sie die Jacken ausgezogen hatten. Alle krochen aus ihrer Überwinterung heraus, Anfang März, die Gesichter blass und lang nicht gesehen. Matthias kam allein, Johanna war jetzt mit einem Stefan zusammen, Astrid blieb zu Hause, weil der Babysitter krank geworden war, Franziska trank heute nur Wasser, rauchte nicht mehr und wollte bitte noch keine Gratulationen hören. Wir wissen es erst seit zwei Wochen, sagte Benjamin und grinste stolz, als wäre es seine Leistung. Sie tranken trotzdem darauf. Und darauf, dass Max und John gestern Fünfjähriges hatten, dass bei Alexander endlich die Scheidung durch war, dass Lisa mal wieder die große Liebe gefunden hatte.

Als Frida neben Robert am Herd stand, sie das Lachen von nebenan hörten, das Durcheinander der Stimmen, nahmen sie sich in den Arm, und er sagte: Wenn wir jetzt nach oben verschwinden, würde uns niemand vermissen. Im Ofen brannten die Kartoffeln an, am Tisch ging der Wein aus, Matthias stand mit leerem Glas in der Tür und sagte: Oh, Entschuldigung.

Stunden später saßen sie bei Käseresten und Schnaps, und Frida meinte, dass Schlafen jetzt auch keinen Sinn mehr hätte, und da waren sich alle einig: In einen Langstreckenflug sollte man übernächtigt einsteigen, so richtig am Ende, dann stünden die Chancen gut, schon vor dem Start einzuschlafen. So wie früher, rief man, als man nur genügend Schnaps brauchte und kein Nackenkissen, keine Schlafbrille, von Thrombosestrümpfen noch nie gehört hatte. So wie früher, als man beim Ankommen in Asien vor Hitze erst mal auf das Pflaster knallte und drei Tage in irgendeiner Absteige verschlief, weil man das konnte, weil man eh zwei Monate blieb. Frida erinnerte sich gut an früher und alle anderen auch. Aber der Schnaps, den sie heute tranken, war eindeutig besser.

Sie zog den Reißverschluss ihrer Reisetasche zu. Wieder auf, wieder zu, wieder auf, wieder zu. Das war ein vielversprechendes Geräusch, fand sie, da steckte Abenteuer drin. Ihr Handgepäck wog 15 Kilo, es gab zu viel, was sie nicht verlieren durfte, sie warf sich den Gurt über die Schulter und sackte dabei nur kurz zusammen.

Das Taxi fuhr vor, und Robert brachte sie zum Wagen, wo er zum Abschied sagte: Bring bloß nicht so einen Asia-Kitsch mit nach Hause.

Nein, meinte Frida. Du bekommst ein Schwert.

Als sie ein letztes Mal durch das Rückfenster blickte, wusste sie nicht, ob das ein Torkeln oder ein Humpeln war, mit dem Robert im Haus verschwand.

雑音

ZATSUON

Geräusch,

Störgeräusch,

Beeinflussung
von außen

1

Auf Wunsch konnte Frida sich desinfizieren lassen. Noch vor der Passkontrolle sprühte eine Dame mit Mundschutz den Passagieren ins Gesicht, auf die geschlossenen Augen, in die offenen Münder. Ein Abendmahl. Hier glaubten sie an die Gesundheit.

Am Zoll zogen sie Frida raus. Ihr Koffer war auf den Millimeter gepackt, zwei Stunden hatte sie gebraucht, immer wieder umgepackt, bis er sich schließen ließ. Der Zollbeamte hielt ihre Unterhosen in die Luft, und sie war zu müde, um sich zu schämen, fühlte sich bloß ausgestellt in unpassender Umgebung. Er packte die Geräte aus, den Fostex FR-2, das Sennheiser-Mikro, den Kopfhörer, immerhin von Sony, das schien ihn zu freuen. Computer, Kabel, Speicherkarten, ein Windschutz, alles reihte er auf dem Tisch auf. Der Drogenhund schnaubte gelangweilt, er aber fotografierte jedes einzelne Teil und wollte wissen, was Frida hier vorhabe.

Dass sie damit Geräusche aufnehmen wolle, für einen Film, dass sie Geräuschemacherin sei, ein schöner Beruf, und der Beamte erwiderte nichts, sah sie nur regungslos an. Wahrscheinlich dachte er, Frida wolle ihn verarschen. Ganz schlecht. Sie zuckte mit den Schultern.

Er griff noch mal in den Koffer, wühlte darin herum, ein BH heftete sich knisternd an seine Gummihandschuhe, da zuckte auch er mit den Schultern, in seinen Mundwinkeln die Andeutung eines Lächelns.

Eine halbe Stunde später verließ Frida mit ihrem Koffer das Gebäude. Er war mit Klebeband umwickelt. Der Beamte hatte ihr bis zuletzt nicht erlaubt, beim Einpacken zu helfen, und schließlich aufgegeben. Interessant hier, dachte sie und stieg in den Bus nach Kyoto.

Es sah nicht aus wie Japan da draußen, nicht wie ihre Vorstellung davon, es sah aus wie Russland, obwohl sie auch in Russland noch nicht gewesen war. Es sah aus, wie ihre Vorstellung von Russland aussah: Plattenbauten, Schnellstraßen, alles in hellem Grau und vor den Fenstern Wäsche. Im Bus lag eine Stille zwischen Schlaf und Smartphone, man vermeldete die Rückkehr und wartete auf Freude, wenigstens am anderen Ende. Frida war die Einzige, die nach draußen schaute. Der Bus fuhr ohne Halt durch, bis zur Kyoto Station.

Vor dem Bahnhof warteten schwarze Taxen, das erste öffnete die Kofferraumklappe, als Frida darauf zuging. Sie reichte dem Fahrer den Zettel mit der Adresse, den Plan, den Jonas gezeichnet hatte, auf dem sie rein gar nichts erkennen konnte und der Fahrer leider auch nicht. Er tippte eine endlose Zeichenfolge ins Navigationsgerät ein, dann startete auf dem Monitor ein pummeliges gelbes Taxi. Sie folgten diesem Wagen, der Fahrer roch nach Rosen, er trug Mütze, weiße Handschuhe und die Rückbank eine gehäkelte Decke. Vor dem Fenster bekam Russland erste Risse, eine rotlackierte Brücke, das in der Ferne glänzende Dach einer Pagode, kleine zweigeschossige Holzhäuser an der vierspurigen Straße. An drei Seiten Berge und in der Mitte ein ruhiger, flacher Fluss. Eine umarmte Stadt, geschützt von der Landschaft.

Nach fünfzehn Minuten hielten sie vor einem hochaufgeschossenen Apartmenthaus, das protzig wirkte und früh verblüht, eine schmutzig gewordene Erinnerung an die große Blase, in der man noch glaubte, es ginge immer weiter nach oben. Nur der Concierge hatte durchgehalten. In brauner Uniform und mit gelüpfter Mütze verneigte er sich und brachte Frida zum Fahrstuhl, trug mit stiller Leichtigkeit ihr Gepäck, als wäre es ein Kosmetikkoffer.

Sie fuhren in die vierzehnte Etage, Frida blickte in das Atrium hinunter, in dem Bambusbäume standen. Alles war, wie Jonas es beschrieben hatte, für alles hatte er gesorgt, und sie bewegte sich wie eine seiner Figuren, dachte nicht nach, folgte nur den Anweisungen. Es sei sein Apartment, hatte er gesagt, aber es verriet nichts über ihn. Frida wusste nicht einmal, warum er ein Apartment in Kyoto besaß. Sie hatte ihn nicht gefragt, hatte überhaupt gar keine Fragen gehabt, keine Antworten hören wollen.

Der Concierge zeigte ihr den Herd, vor allem die Felder für An und Aus, die sie nur berühren musste, die Strom- und Gasschalter, die sie im Ernstfall umlegen sollte. Die Klimaanlage, den Notruf, den Feueralarm, die Videoüberwachung neben dem Türöffner. Er zeigte ihr auch die Taschenlampe und den Helm im Schrank, hier alles sicher, sagte er in gebrochenem Deutsch, und bevor sie sich noch darüber wundern konnte, deutete er mit der Hand aus dem Fenster, dort, auf der anderen Seite des Flusses, sei das Evakuierungszentrum. Sie würde es finden.

Hier alles sicher, sagte er noch einmal und nickte. Nicht eine Sekunde hatte Frida vorher darüber nachgedacht, ob dieser Ort sicher oder unsicher sein würde. Sie hatte noch nirgendwo einen Helm im Schrank und auf der anderen

Straßenseite ein Evakuierungszentrum gehabt. So eine Sicherheit war angsteinflößend. Der Concierge ging weiter ins Bad, zeigte ihr die Knöpfe, die sie drücken musste, am wichtigsten die Spülung für groß und für klein. Dazu die Bideteinstellungen, Strahl oder Spray, für hinten und für vorn. Er hörte nicht mehr mit dem Nicken auf, und Frida tat es ihm gleich. Immer schön nicken, auch wenn sie sich fühlte, als wäre sie gerade mit einem Direktflug aus dem letzten Jahrtausend angereist.

Den Schlüssel legte er auf den Tisch und verbeugte sich, während er rückwärts aus der Wohnung hinausging, den Hausflur entlang. Frida verbeugte sich ebenfalls, wieder und wieder, verbeugte sich sogar noch, als sie ihn schon nicht mehr sah, wusste nicht, wann sie damit aufhören durfte, ob er nicht gleich hinter einem Pfeiler erneut auftauchen würde. Schließlich schloss sie die Tür.

Die Wohnung war winzig, und sie roch wie ein Wunderbaum. Wände, Bettwäsche, Handtücher, alles. Sie zündete sich eine Zigarette an gegen den Gestank und schob die Fenster auf, die Fliegengitter zur Seite. Es war Anfang März und knapp unter zehn Grad. Sie war müde, sie war empfindlich, sie ging ins Bett. Nur neunzig Minuten, das war die goldene Jetlag-Regel, neunzig Minuten Pause und sich dann hineinwerfen in die Welt, die da war.

2

Durch das Fenster, von sehr weit unten, drang ein Gesang wie von vierzig Mönchen. Dazu mischten sich Megaphon-

Durchsagen eines vorbeifahrenden Autos. Sie wusste nicht, ob das Warnung war, Werbung, Wahlkampf oder bloß der Verkauf von Eiern. Sie würde nicht einmal verstehen, wenn das gesamte Haus *Feuer* rief. Frida lag auf der brettharten Matratze – ein unseliger Kompromiss zwischen Ost und West, sah aus wie ein Bett, fühlte sich aber an wie eine Matte auf dem Boden – und versuchte ihrem Zustand etwas ab-zugewinnen. War man erst mal verloren, ging ja meistens noch eine Menge, nicht selten ging es dann überhaupt erst richtig los.

Sie trat ins Badezimmer. In der Dusche mehrere Knöp-fe, Pfeile nach oben und unten, rote und blaue Tasten, Zeichen, die sie nicht verstand, doch immerhin etwas, das einem Wasserhahn ähnlich war und auch so funktionierte. Eine zarte Frauenstimme ertönte, sprach und sprach, ließ sich nicht abwimmeln, und Frida nahm es hin, beim Du-schen hatte noch nie jemand auf sie eingeredet und schon gar keine Frau. Als sie längst mit einem Handtuch vor dem Spiegel stand, redete die Stimme immer noch weiter, viel-leicht waren es Lebensweisheiten, Horoskope, wahrschein-lich aber bloß die Warnung, nicht auf dem feuchten Boden auszurutschen.

Auf dem Schreibtisch breitete sie den Plan von Jonas aus. Wegbeschreibungen, Fotos, Schriftzeichen, Orte, eine Liste der wichtigsten Geräusche. Gebete und Ampelsignale, die Stimmen der Automaten und die der Verkäuferinnen. Der Shinkansen, der mit 300 km/h am Baseballstadion vorbei-brettert. Das Waten durch Reisfelder. Vierhundert Glücks-spielmaschinen in einer Pachinko-Halle. Der Kamogawa an einem Regentag. Die Greifvögel über dem Fluss.

Sie war froh, etwas zum Abhaken zu haben, sah sich die Szenen noch einmal an, den Gesang im Tempel und den sprechenden Getränkeautomaten. Tagelang war der Mann durch die Sperrzone gelaufen, ohne einem Menschen zu begegnen. Die einzige Stimme, die er hört, dringt aus einem Automaten, der das Ende überlebt hat.

Noch in der Lobby startete sie das Aufnahmegerät und schob sich die OKM-Mikros in die Ohren. Es gab in der Stadt überall sprechende Automaten, doch nur der eine, hatte Jonas herausgefunden, sprach Kansai-Dialekt. Nicht dass das sonst irgendjemand merken würde, doch auch Frida war in solchen Dingen peinlich korrekt.

Die Luft war kälter, als sie erwartet hatte, die Straßen ruhiger. Die Kaiserstadt versteckte sich hinter Einkaufszentren und Wohnsilos. Wann immer Frida nach links oder rechts blickte, entdeckte sie Tempel, geduckt zwischen Technikmärkten und Fast-Food-Restaurants. In der Ferne jene glänzenden Dächer, die millionenfach abgelichtet worden waren. Sie lief weiter die Hauptstraße entlang, blieb immer wieder stehen, um eine saubere Atmo zu bekommen, frei von den eigenen Schritten und Bewegungen. Die Stromleitungen sirrten wie Zikaden, die Ampeln zwitscherten. Sie müsse immer nur geradeaus gehen, über die Brücke, danach links abbiegen, dann käme sie direkt darauf zu. Kyoto ist ein Schachbrett, hatte Jonas gesagt. Unmöglich, sich dort zu verlaufen. Diesen Satz hatte Frida bislang noch immer widerlegt. Doch tatsächlich stand sie nach zehn Minuten wie von selbst davor, genau am Eingang der Eizan-Linie, zwischen einem Dutzend weiterer Automaten, die genau dasselbe anboten, nur von anderen Herstellern. Zehn eisgekühlte Dosen Kaffee und eine Flasche Wasser holte Frida aus dem sprechenden Kasten, bevor sie den Ton so hatte, wie sie ihn brauchte. Ohne vorbeifahrende Müllsammler, ohne singende Kinder, ohne ihr eigenes Fluchen und ohne das verzweifelte Kichern von Mädchen, die ihre Bilder aus dem nahen Passbildautomaten zogen. Die Stimme war hoch, widerstandslos, nichts zum Verlieben. Eine abgerichtete Frauenstimme. Wäre es nach Frida gegangen, würden alle Geräte und Ansagen an Bahnhöfen und Flughäfen klingen wie Hildegard Knef in ihren Sechzigern, das wäre eine Welt, in der sie sich geborgen fühlen könnte.

Vom Bahnhof fuhr sie mit einem Zug, der aus nur zwei Waggons bestand, weiter bis zur Endstation nach Kurama. Dort, gleich links neben dem Ausgang, lag der Tempel. So stand es auf ihrem Plan. Dass sie eine weitere halbe Stunde zur Gebetshalle hinaufsteigen musste, hatte ihr niemand verraten. Es war ein steiler Weg, unzählige Stufen und heilige Bäume, eine Reiki-Stätte, die, laut Jonas, in Japan kaum bekannt war, dafür umso mehr Jünger aus Europa anzog. Es gebe dort ein Energiefeld, das sie dringend ausprobieren solle. Ist gut für die innere Stärke. Am besten, du übernachtest darauf, hatte er gesagt.

Frida fiel in dem Augenblick vor der Halle nieder, als der Priester die Stimme erhob. Nur der gekrümmte Rücken, der sich im Rhythmus seines Gesangs bewegte, war zu sehen. Es war kaum möglich, die Ausrüstung unbemerkt aus dem Rucksack zu holen, sie schämte sich für jede Bewegung, und mehr noch hatte sie das Gefühl, sie würde ihn bestehlen, wenn sie ihn aufnähme.

Frida musste sich überwinden, ein zusätzliches Mikro anzuschließen, alles hochzudrehen. Im Schneidersitz und mit Kopfhörer hockte sie allein vor dem Gitter und schloss die Augen. Der Gesang schien sämtliche Schwere aus ihr zu ziehen, und doch spürte sie einen leichten Druck durch ihren Körper pulsen, immer wieder, in kurzen Abständen. Sie schaute auf ihrem Recorder, wie stark der Pegel ausschlug. Minimal.

Frida atmete tiefer als gewöhnlich, sehr tief sogar, und tatsächlich verschwand der Druck, ihre Kopfhaut entspannte sich, und als sie gerade anfing, Erlösung für möglich zu halten, nahm ihr ein plötzlicher, tiefer Gong den Atem. Der Mann, der ihn schlug, hockte rechts im Dunklen, und der Rhythmus wurde immer schneller. Als Frida endlich alles runtergezogen hatte, schlug er ein letztes Mal und verschwand barfuß aus dem Raum.

Auch die Stimme des Priesters war verklungen. Sie betrachtete seinen gekrümmten, schmalen Rücken, den grauen Haarknoten, die kleinen Fußsohlen, und jetzt erst erkannte sie, dass es eine Frau war. Sie erhob sich, höchstens 1 Meter 50 groß, und schwebte hinaus. Es wurde kalt in der Halle, die Luft schien dünner zu werden. Frida fragte sich, ob man sie bemerkt hatte. Aus der Tiefe hörte sie Kleider rascheln von harter Textur. Ein gleichmäßiges Rauschen, als führte jemand immer wieder dieselbe Bewegung aus. Oder war es bloß ein Stück Stoff im Wind?

Links neben dem Gebetsraum ging Frida die Treppe hinunter. Sie folgte dem Schauspieler Schritt für Schritt, wurde sein Schatten, mit monatelangem Abstand. Das alles hatte sie schon gesehen. Bilder, flach und stumm. Wir brauchen die Stille, hatte Jonas gesagt, und als sie unten ankam, wusste Frida, was er meinte. Ein eigenes Archiv hatte sie gefüllt, in zehn Jahren über hundertmal Stille aufgezeichnet, aber eine so klare, fast erschütternde, war nicht dabei gewesen. Die absolute Stille war eine Idee. Es war die eigene Anwesenheit, die sie zerstörte. Doch hier war ihr, als würde sie selbst verschwinden.

Trotz der zahllosen Lichter unter der Decke hatte Frida den Eindruck, es wäre stockfinster. Sie tastete sich durch Gänge voller kleiner Urnen, immer in der Angst, irgendwo anzustoßen. Über die Jahre hatte sie gelernt, sich geräuschlos zu bewegen. Bei der Auswahl ihrer Kleidung achtete sie darauf, dass sie still war, kein Knistern, kein Rascheln. Fridas Hände begannen zu zittern, und sie zitterten noch mehr, als sie plötzlich vor den drei Statuen stand, schwarz und streng, kleine Shinto-Gottheiten, die aussahen wie eine Mahnung und nichts spüren ließen von Trost. Die Stille war hier weicher, doch von den Figuren schien Druck auszugehen. Er wurde stärker in ihrer Nähe und traf Frida in der Bauchgegend. Sie hörte ein Flattern, wiederkehrend, kaum wahrzunehmen, und doch war es da. Hier war der Schauspieler zusammengebrochen, seine nackten Knie auf dem Boden. Es war wie ein Reflex, dass sie sich verbeugte, bevor sie nach oben floh, hinaus aus dem Tempel, den Berg hinunter, dabei den wenigen Touristen ausweichend. Rasch und leise entfernte sie sich, ihr Atem war flach.

Noch immer zitternd, setzte sie sich in die Panoramabahn, die auf dem Gleis bereitstand und deren Sinn sich ihr nicht erschloss, bestand das durchfahrene Panorama doch aus einem kargen Tal, das langsam zu einem Vorort anwuchs, mit Einkaufszentren und blinkenden Spielhallen. Die Zugansagen nahm sie auf, hier auch in akkurat abgehacktem Englisch zu hören, Panorama und Touristen gehörten weltweit zusammen. Neben ihr saß eine Frau im Kimono, pinkfarbene Kopfhörer auf den Ohren, tippte mit der einen Hand Nachrichten und zog sich mit der anderen die Lippen nach. Frida fragte sich, ob sie echt war, dann, was an ihr echt war, ob sie den gesamten Tag in einem Laden Fächer verkaufte oder in einem anderen Füße küsste, ob sie zur Teestunde fuhr, ob sie überhaupt eine Frau war, und wenn ja, wie lange schon. Sie hätte sie gern am Gürtel gezupft, der so kunstvoll auf ihrem Rücken gebunden war, dass es dafür wohl eines Assistenten bedurfte oder einer sorgenden Mutter. Frida sah zur Welt hinaus, die an den Fenstern vorbeirauschte wie ein Streifen Film, Breitbild und mit Rahmen. Aus dem Vorort wuchs Kyoto heraus, die Kälte verschwand aus ihrem Körper. Sie wurde ruhig bis in die Knochen.

An derselben Station, an der sie eingestiegen war, stieg sie aus, ging denselben Weg zurück und hielt an vor einem Sushi-Restaurant, das genau so aussah: ein runder Tresen mit einem Laufband, in der Mitte drei Meister, die in Sekundenschnelle nachlegten. Aus den Boxen drang leiser Bebop, zehn Sorten Fisch fuhren vorbei, Rogen und Garnelen.

Als Frida, mit dem kleinen schlechten Gewissen, das der Neugier so oft anhängt, zum ersten Mal in ein Stück Wal biss, was wahrscheinlich das Ende so mancher heimischen Freundschaft bedeuten würde, war sie glücklich.

Zurück im stinkenden Apartment, hatte Frida eine Dose Yebisu-Bier geöffnet und den Recorder an den Computer angeschlossen. Sie fühlte einen Druck im Bauch, hörte ein weit entferntes Flattern und überprüfte die Töne auf dem Bildschirm: alles innerhalb der Grenzen, dazu ein paar stärkere Ausschläge im niederfrequenten Bereich, eindeutig spürbar bei den Kelleraufnahmen. Hier stimmte etwas nicht.

Frida startete die Geräte neu. Um hörbar zu sein, müssten sie fast an die Zwanzig-Hertz-Marke stoßen, aber das taten sie nicht. Sie nahm einen Ton wahr, den es eigentlich nicht geben durfte, nicht für sie, nicht überall. Als sie die Aufnahmen erneut abspielte, schien der Druck den gesamten Raum auszufüllen.

Sie kontrollierte alle Einstellungen, reinigte die Speicherkarte, spülte sich die Ohren, wollte an eine Wahrnehmungsstörung glauben. Wahrscheinlich nur ein hinterhältiger Zeitzonenkater, vielleicht die Strafe für den Wal. Vielleicht sollte sie das alles so ernst nicht nehmen. Sie öffnete ein neues Bier, trank noch einen Schluck. In der Küche hörte sie die Fensterscheiben knacken. Die Dose rutschte ein paar Zentimeter über den Tisch. Sie sollte mit dem Trinken aufhören.

Unter ihren nackten Füßen klebte Bier. Ihr Nacken schmerzte, wenn sie den Kopf drehte. Draußen war es taghell. Ihre Uhr stand auf halb elf. Damit konnte sie nichts anfangen, wusste nicht, ob sie die Uhr schon umgestellt hatte oder ob das die deutsche Zeit war. Halb elf. Schwindelerregender

Hunger. Im Rucksack fand sie nur Kaffeedosen, von denen sie eine öffnete, auf ex trank und sich an den Computer setzte. Dasselbe Bild, dasselbe Flattern, ihr wurde schlecht. Essen, dachte sie, aufnehmen, abhaken, sich beruhigen, festhalten an dem Plan, frische Luft. Der Kamogawa-Fluss stand auf der Liste, der war nicht weit, ein Spaziergang. Auf dem Weg die Ampeln mit den Vogelstimmen. Kein Tempel jetzt, kein Energiefeld, keine Stille. War der Hintergrund laut genug, konnten die Irritationen verschwinden. Mach hinten lauter, dann hörst du vorn nichts mehr.

Sie stopfte die Geräte in den Rucksack und stieg in den Fahrstuhl. Eine Stimme beim Öffnen der Türen, beim Schließen, als gäbe es noch Menschen, denen gesagt werden musste, wie ein Fahrstuhl funktioniert, Tag für Tag.

Im Supermarkt kaufte sie ein Sandwich und ein weiches, schweres Brötchen. Ging eine sechsspurige Straße hinunter, alle Ampeln grün und auf Kuckuck, die Wolken kamen nicht über die Berge hinweg, der graue Himmel zum Greifen.

Ein Polizeiwagen fuhr die sandige Promenade entlang, drückte Jogger und Fahrradfahrer an den Rand. Frida saß an der eingezeichneten Schleuse, gegenüber der Brücke aus verwittertem Holz, setzte den Kopfhörer auf, schloss das Mikro an, startete den Recorder. Das herabstürzende Wasser klang lauter, als es aussah. Hinter ihrem Rücken eine Schulklasse bei der Gymnastik. Ein Reiher wandte sich gelangweilt ab.

Das Licht dämpfte die Geräusche. An dunklen Tagen hatte die Welt einen zurückhaltenden Klang, die Trübheit war hörbar. In Jonas' Film war diese Szene hell, alles war in ein seltenes Licht getaucht wie nach einer Sonnenfinsternis.

Künstlich, ungefiltert, zu sauber, um real zu wirken. Die Bilder brannten in den Augen.

Frida biss in das Brötchen und spürte eine raue, süße Creme im Mund, die Farbe braun. Bohnenpaste wahrscheinlich, davon hatte sie gelesen, viel besser als erwartet. Wie einfach, wenn man ein Brötchen nur anzuheben brauchte, um zu wissen, dass es gut war. Essen braucht Gewicht, sagte Robert immer, und daran hatte sie immer gern geglaubt.

Knapp über dem Wasser flogen die Greifvögel, genau wie vor Tagen auf der Leinwand. Sie lauschte ihrem Gleiten, hörte gewaltige Flügel schlagen und in der Tiefe wieder dieses Flattern, das jetzt fast klang wie das Rollen eines Zuges, eines sehr alten Zuges, wie sie manchmal noch durch deutsche Provinzen fuhren, aber sicher nicht durch diese Hochgeschwindigkeitsnation. Auch sah sie nirgends einen Bahnhof, nicht einmal Gleise, die irgendwohin führten. So musste Wut klingen, kurz bevor sie explodierte.

Als sie das Aufnahmegerät ausschaltete, verstummte der Ton. Ihr Gehör war eines besten, nicht absolut, wofür sie im Grunde dankbar war – man konnte leicht verrückt werden, wenn einem nichts entging –, doch dass ihr Recorder mehr wahrnahm als sie selbst, war niemals vorgekommen. Sie sollte das Gerät zu einem Techniker bringen, das müsste man beheben können, ein Chip, den man austauschte, eine Verbindung, die man erneuerte, nur eine Kleinigkeit.

Sie ging zurück zum Haus, der Concierge kam aus seiner Box gelaufen und rief ihr den Fahrstuhl. Er begann mit den Händen zu wedeln, deutete auf ihren Recorder, nickte noch eifriger als gestern. Er schien zu fragen, was sie damit machte. Geräusche, sagte sie zögernd, und erklärte es ihm. Sein Lächeln wurde immer schöner.

Er legte die Hände auf seine Ohren, zeigte wieder auf ihren Recorder. Sound, sagte er, Sound, und sie holte den Kopfhörer heraus, den er sofort aufsetzte, dann hielt er den ausgestreckten Daumen in die Luft, und Frida drückte auf Start. Lauter wollte er es hören. Als sie bis zum Anschlag hochgedreht hatte, schloss er die Augen. Sie hätte gern gewusst, warum seine Lider zuckten, ob auch er etwas spürte, doch er stand starr und lauschte. Nachdem er den Kopfhörer abgesetzt hatte, nickte er wieder, traurig, wie ihr schien. Gut, sagte er, sehr gut.

Nein. Sie schüttelte abwehrend den Kopf, begann von dem Flattern zu sprechen, von dem Druck, wusste nicht, ob er sie verstand, ihre Hände bewegte sie wie Flügel, drückte sie in ihren Bauch, und er nickte. Dass die Aufnahmen nicht gut seien, sagte sie, nicht zu gebrauchen, von Störgeräuschen sprach sie und von Subfrequenzen. Er zuckte mit den Schultern.

Sie hören Land, sagte er, und Frida begriff nicht, was er meinte, doch er wiederholte nur diesen Satz: Sie hören Land. Ja, dachte sie, dafür bin ich schließlich hergekommen, und sie bedankte sich, und hinter ihr schlossen sich die Fahrstuhltüren.

Sie hören Land. Schon wieder hätte sie ein Bier vertragen können, nahm stattdessen eine Kopfschmerztablette und überspielte die letzten Aufnahmen. Sie hörte es deutlicher als gestern, zudem waren die Töne leicht verzerrt, im Bereich um 16 Hertz gab es eine zitternde Linie. Frida wechselte die

Speicherkarte und nahm den Reiskocher auf, der sprach und piepte bei jeder seiner Funktionen. Das Geräusch blieb.

Frida trat auf den Balkon, blickte weit über die Stadt, auf allen Dächern Werbetafeln, nicht eine konnte sie lesen. Sie genoss das Rauschen der Hauptstraße. Es klang wie überall auf der Welt, bis der Gesang der Mönche wieder aus der Ferne zu ihr drang. Sie sollte Robert eine Nachricht schicken. Später, dachte sie, ging hinein und rief stattdessen Jonas an.

Als er hellwach abnahm und sagte: Es ist mitten in der Nacht, zögerte Frida einen Moment.

Hej, sagte sie dann, bin gut angekommen. Schön hier und alles, nur das Apartment stinkt.

Es ist mitten in der Nacht, wiederholte er.

Ist auch nicht so schlimm. Das mit dem Gestank.

Sie spielte am Aufnahmegerät herum, schaltete es an, aus, wieder an, bevor sie endlich sagte, was sie meinte: Ich brauche einen Techniker, einen guten.

Scheiße, hörte sie, das kommt mir aber bekannt vor.

Keine große Sache, da hakt nur irgendetwas.

Wenn es keine große Sache wäre, könntest du es selbst. Er atmete schwer aus, wie Männer es tun, die von den Sorgen ihrer Frauen langsam genug haben. In der Kiyamachi Dori, sagte er, parallel zum Kamogawa, sitzt ein Elektrofritze, ungefähr hundert. Der kennt sich aus. Da war unser Tonmann auch. Aber der wollte sich nicht helfen lassen.

Was hatte der denn für Probleme?

Ehrlich gesagt, glaube ich, dass er ein bisschen verrückt war. Am Ende hat er sich geweigert, Kopfhörer zu tragen. Ein Tonmann, der seinen Kopfhörer in den Fluss wirft!

Ist ja unvorstellbar, log sie.

In der Tat. Ich schicke dir jemanden, der dich zu dem Laden bringt. Ist allein schwer zu finden.

4

Er stand unten, im Anzug, mit Schirm und Verbeugung. Das Haar so schwarz, dass es blau schimmerte, sein Gesicht so glatt, dass Frida darin keinen Halt fand.

Es freut mich, Ihre Bekanntschaft zu machen, sagte er, bevor er sich als Takeshi vorstellte und den Schirm in die Luft hob, dem sie zu folgen hatte. Ob das Lächeln, das er ihr über die Schulter zuwarf, Ironie bezeugte oder Höflichkeit, wusste Frida nicht zu deuten. Sie hoffte auf Ersteres und lief ihm nach. Sanft schlug er seine Schneise durch die Passanten. Sie fühlte sich sicher in seinem Schatten, er war einer, dem die Leute auswichen. In immer kleinere Straßen und Gassen bogen sie ab, an jeder Ecke eine neue Richtung, vorbei an Geschäften für Kohle, Papiertüren, Knöpfe, Tusche, und doch hatte sie den Eindruck, dass sie, streng genommen, immer nur geradeaus liefen. Ihr Führer hatte entweder das Ziel, ihr die Stadt zu zeigen, oder sie völlig zu verwirren. Beides gelang.

Trotzdem hatte Frida das unbestimmte Gefühl, den Weg schon einmal gegangen zu sein, die Straßen schon einmal gesehen zu haben. Alles kam ihr vertraut vor und konnte es nicht sein. Erst als sie merkte, wie schnell sie gehen musste, um Takeshi nicht zu verlieren, erst als ihr Blick wackelte, ins Unscharfe glitt, begriff sie, durch welche Kulisse sie liefen.

Im Film waren die Geschäfte vernagelt, die Straßen vermüllt gewesen, die Kamera folgte einem Mann, der keinen Schirm trug und auch sonst nichts am Körper. Er drehte sich zu ihr um, und mit einem kaum wahrnehmbaren Nicken deutete er auf ein winziges, zusammengedrücktes Haus aus Holz. Sie kam langsam näher, suchte inmitten all der Bretter nach einer Tür, und wieder zeigte er ihr den Weg, ging ihr voraus. Gebückt betraten sie den dunklen Raum.

Es klang nach dickem Staub und Spinnen in den Ecken. An der Wand vor sich erkannte sie einen Körper. Hundert war geschmeichelt. Das hier war der älteste Mensch, den sie je gesehen hatte. Wie er dort hinter dem Tresen hockte, Frida war sich nicht sicher, ob er noch lebte. Sein Kopf klemmte zwischen den Schultern, vor ihm türmte sich Technikgeröll, das den Anschein machte, als liege es dort seit Jahrzehnten. Frida holte vorsichtig Luft, aber sie roch keine Verwesung, nur verschmorte Kabel.

Takeshi sprach minutenlang auf den Alten ein, ein äußerst einseitiges Gespräch, denn der sagte nur ab und zu: Hai, während Takeshi gar kein Ende zu finden schien. Dabei hatte er mit ihr kaum ein Wort gewechselt. Schließlich wandte er sich an Frida und meinte: Das Gerät, bitte.

Sie reichte es ihm, die Finger des Alten griffen danach, er betrachtete es von allen Seiten und begann zu sprechen. Es klang wie Poesie, die Worte wiederholten sich, er dehnte sie und modulierte, sie nickte eifrig mit dem Kopf, und als die Rede das Alten verklungen war, übersetzte Takeshi: Das ist kein Sony, sagt er.

Sie starrte Takeshi an. Und sonst?

Nichts. Mehr hat er nicht gesagt.

Er log ihr direkt ins Gesicht, und sie hatte keine Ahnung, warum er das tat.

Das ist ein Fostex FR-2, erklärte sie, und dass auf allen Aufnahmen, die sie bisher hier gemacht hatte, ein seltsamer, niederfrequenter Ton zu hören sei. Sie benutze das Gerät schon sehr lange, sagte Frida noch, und dass sie sich damit auskenne. So etwas sei ihr noch nie passiert.

Der Alte griff nach einem Kopfhörer und hörte es sich an. Dabei schüttelte er traurig den Kopf, schien sich einen Splitter aus dem Finger zu saugen und stellte das Gerät plötzlich auf laut. Die beiden nickten immer wieder, wechselten ein paar Sätze, während Frida zu hoffen begann, dass es eine Erklärung geben, der Alte ein Teil hervorkramen, es mit singender Stimme einsetzen würde, und alles wäre gut. Stattdessen flüsterte Takeshi: Er kann es kaum glauben. Obwohl es kein Sony ist, sind die Aufnahmen ausgezeichnet.

Frag ihn, was er hört.

Der Alte summte mit ruhiger Stimme.

Er hört einen Getränkeautomaten an einem Bahnhof, der sagt: Vielen Dank, dass Sie sich für DyDo entschieden haben. Takeshi lächelte sie an. Unsere Automaten sind sehr höflich.

Und was hörst du?

Ich bin Punksänger, war seine Antwort.

Frida bekam den Eindruck, die beiden wollten sie für dumm verkaufen.

Hört ihr denn nicht diesen Ton?, fragte sie gepresst.

Die Aufnahmen sind ausgezeichnet, wiederholte Takeshi, und der Alte nickte. Möge sie dennoch ein Gerät der Marke Sony in Erwägung ziehen?

Frida rieb sich die Stirn.

Der Alte war weise, das musste er sein. Wer so alt war, hatte alles schon gehört. Und dieses Wissen machte traurig. Genau so sah er Frida an, als sie den Fostex von der Theke riss und den Laden verließ.

Takeshi rannte hinterher.

Ich bitte wirklich sehr zu verzeihen, sagte er und blickte auf seine glänzenden Schuhe ohne Schnürsenkel. Das kostet 1000 Yen.

Sie gab ihm den Schein, zündete sich eine Zigarette an und wartete. Wahrscheinlich lachten die beiden sich kaputt über sie. Vielleicht zu Recht. Vielleicht hörte sie Töne wie andere Stimmen. Stimmen, die nicht existierten.

5

Der Markt, über den sie zurückgingen, war so eng und voll, dass Takeshi den Schirm sinken ließ und Frida hinter sich herzog, als wäre sie ein hilfloses Kind. Seine Hand war glatt wie sein Gesicht. Frida sah rot gefärbte Minitintenfische an Spießen, Körbe voller Rettich, Softeis in Grellgrün und Grau, eine gläserne Box für Raucher, Hunderte von rosafarbenen Pralinen, sah die Beine von Schulmädchen hinter Plastikvorhängen strampeln, eine Hello-Kitty-Figur im Kimono, polierte Früchte in Seidenkartons, und über allem lag ein Geruch von Algen, der ihr den Atem nahm. Erst als sie in eine Gasse abgebogen waren, holte sie wieder Luft. Takeshi lächelte schmal und sagte: Willkommen in Japan.

Er schob abermals eine kleine Holztür zur Seite und zog Frida hinein in ein Lokal, das fast nur aus Küche bestand, mit einem Tresen davor und ein paar Hockern. Es gab Nudelsuppe. Mit und ohne Fleisch.

Das werde helfen, hatte Takeshi gesagt. Gutes Essen hilft immer, gutes Essen beruhigt, und dass sie so aussah, als bräuchte sie das.

Die Suppe war schwarz, inmitten der Schale lag ein halbes hartgekochtes Ei. Eine bildschöne Kellnerin reichte ihnen Lätzchen aus Zellstoff. Es war die erste Suppe, die Frida mit Stäbchen aß, und sie machte es wie Takeshi, beugte sich über die Schüssel, führte ein paar Nudeln zum Mund und sog sie ein. Suppe spritzte ihr ins Gesicht, auf das Lätzchen.

Es sei das gebratene Miso, sagte Takeshi, das sie so schwarz mache und so gut. Doch da musste noch irgendetwas anderes sein, etwas, das sie glücklich werden ließ. Das ganze Lokal schlürfte und zischelte, wie nach einer tagelangen Reise durch trockene Steppe.

Frida stellte ihren Recorder auf den Tisch, hatte in diesem Moment sogar vergessen, dass da eine Unheimlichkeit in ihm steckte. Die Kellnerin starrte noch immer vom Tresen herüber. Sie schien außer Takeshi nichts mehr wahrzunehmen, aber er schenkte ihr keine Beachtung. Er goss Frida Tee ein, und bei dieser Bewegung fiel ihr etwas Vertrautes an ihm auf. Sie musterte ihn, konnte nicht herausfinden, was es war. Fragend blickte Takeshi sie an.

Du kommst mir so bekannt vor.

Ich weiß, sagte er. So etwas ist möglich.

Hilflos rührte Frida im Tee.

Das Geräusch, setzte sie an, du hast da drinnen nichts gehört?

Meine Ohren, sagte Takeshi, sind älter als ich.

Frida wartete, ob noch mehr käme, aber er hob nur die Schüssel zum Mund.

Als Letztes nahm er das Ei, holte das Gelbe heraus, aß das Weiße zuerst. Sein Lätzchen faltete er und legte es auf den Tisch. Er lehnte sich zurück und zog an seinem Krawattenknoten. Sie fragte ihn, warum er eine trug.

Ich wollte vorbereitet sein.

Und du meinst, jetzt könntest du sie ablegen?

Ist es nicht das Schönste, was ein Mann ablegen kann?

Takeshi faltete die Krawatte auf eine Art zusammen, dass daraus ein winziges Paket mit Griff entstand. Frida schüttelte den Kopf.

Was ist mit Jonas' Tonmann passiert, weißt du das?

Er ist krank geworden, sagte Takeshi nach einer Pause. Sogar im Sommer trägt er eine Mütze mit Ohrenklappen.

Er kicherte. Seine Zähne waren so schief, dass sie aussahen, als würden sie tanzen.

Schon den Kaisergarten gehört?, fragte er.

6

Über die Kieswege liefen Schulklassen in gelber und blauer Uniform, wieder drehte ein Polizeiwagen seine Runde. Fahrräder knirschten vorbei, drei Männer schwangen die Schläger auf dem Baseballfeld, ein gemischtes Doppel beim Tennis gegenüber, die Klohäuschen klingelten für die Blinden, und über allem lag ein Gewirr von Vogelstimmen.

Alles bewegt sich, sagte Takeshi, so kurz vor Frühling. Alles beginnt wieder neu.

Sie schaltete ihren Recorder an und meinte, dass sie die Klohäuschen viel aufregender finden würde.

Du interessierst dich nicht für Natur, schloss er daraus, was Frida nur bestätigen konnte.

Hunderte von Metern liefen sie am Palast entlang, des Kaisers Wochenendhaus, drei-, viermal im Jahr kam er hierhin, erzählte Takeshi, und Frida verspürte nicht die geringste Lust auf ein Leben in Palästen, wenn die solche Mauern hätten.

Noch immer lief er ein paar Schritte vor ihr, und Frida hatte Probleme dranzubleiben, auch wenn der Abstand zwischen ihnen geringer wurde. Ob sie ihn schön fand, fragte sie sich. Ob er ein schöner Mann war, ob die Kellnerin deswegen nicht aufgehört hatte, ihn anzuschauen.

Auf einer Brücke hielt er inne, ein Teich, ein Teehaus, das eine für das andere gebaut, und außer Fröschen war nichts zu hören. Takeshis Stimme ging fast darin unter, als er fragte, ob sie Jonas gut kenne.

Im ersten Moment wusste Frida nicht einmal, von wem er sprach. Sie hatte den Namen vergessen, so wie sie den Grund ihrer Reise vergessen hatte.

Nein, musste sie sagen, ich würde nicht einmal behaupten, dass ich ihn überhaupt kenne. Wir haben uns nur zwei Mal gesehen.

Er schien ihr nicht zu glauben, als sie sagte, Geld sei der Grund. So wie sie es ausspreche, klinge es wie eine Krankheit. Wahrscheinlich hatte noch nie jemand ihr Verhältnis zu den Finanzen so genau auf den Punkt gebracht.

Und du, fragte sie, kennst du ihn gut?

Nein, sagte Takeshi, zwanzig Jahre vielleicht.

Dabei schaute er auf das Wasser unter ihnen beiden, als wäre dort alle Zeit versunken.

Vielleicht hatte er sich noch nicht entschieden zwischen Rennen und zur Ruhe kommen, dachte Frida. Vielleicht tat er beides, immer im Wechsel, nicht wissend, an welchem Ende er sich wohler fühlte. Vielleicht war er unfähig, die Mitte zwischen diesen Zuständen zu finden. Vielleicht war er wie sie.

Trotz der Kühle setzten sie sich unter einen Kirschbaum, der noch nichts von seiner Schönheit verriet. Karg und verschlossen stand er da, doch Takeshi meinte, er könne ihn schon riechen. Den süßen Geruch von Jugendliebe, unschuldig und vergänglich.

Sie schloss die Augen und hörte, weit in der Ferne, einen kurzen Frühling, der sich auf den Weg machte.

7

Ich konnte Dich nicht wecken, stand auf dem Zettel, *Takeshi*. Er hatte sie einfach liegen lassen, unter fremden Blicken. Frida schluckte. Auf der Rückseite hatte er ihr aufgemalt, wie sie aus dem Park herauskäme, immerhin das: über den Ausgang im Westen, unweit des Apartmenthauses. Es war eine weibliche Skizze, vielleicht auch nur japanisch, mit zarten Bäumen, dem mächtigen Palast und dem Baseballfeld, sogar Frida hatte er mit drei, vier Strichen gut getroffen, nur hatte sie keine Ahnung, wo Westen war.

Frida drehte sich und den Plan hin und her. Es dämmerte schon. Das iPhone fiel ihr ein, der Kompass, die Rettung. Sie schaltete es ein, und das Bild einer Nadel wirbelte hilflos im Kreis. Das Telefon verlangte, sie solle eine Acht drehen, um das Gerät einzunorden. So stand Frida da, malte Achten in die Luft, wieder und wieder, stand da wie ein Hippie beim Morgengruß und war sich sicher, dass sie sich in diesem Moment im fernen Silicon Valley kaputtlachten über sie.

Ihre Finger krampften sich um das Telefon, als es vibrierte. *Robert*, stand auf dem Display. Frida fühlte sich nicht in der Lage, ihm zu erklären, dass sie im Kaisergarten, einem Park wie ein Schachbrett, die Orientierung verloren hatte. Auch von Störgeräuschen, die nur sie allein hörte, wollte sie nicht reden. Und über Takeshi gab es nichts zu sagen, was Robert gern hören würde. Nur war Robert keiner, der nach dem Wetter fragte, niemand, der sich anlügen ließ, und eine früh getroffene Entscheidung in Fridas Leben hieß: besser schweigen als lügen.

Nach dem zehnten Klingeln hatte Robert aufgegeben, und sie wusste, wo Westen war. Das Apartmenthaus ragte hinter den kaiserlichen Mauern hervor, mit den Augen hielt sie sich daran fest.

8

Du siehst irgendwie verdreht aus, sagte Jonas. Als würden deine Augen in alle Richtungen gleichzeitig gucken.

Sie schaltete die Kamera aus.

Besser so?

Stand dir eigentlich ganz gut, meinte er.

Ich hör dich besser ohne Bild.

Was hat der Alte gesagt?

Das ist kein Sony, hat er gesagt. Ansonsten stellt er sich taub.

Wenn Sony pleitegeht, fällt der tot vom Stuhl. Vorher nicht.

Sein Lachen machte sie wütend.

Es gibt Subfrequenzen auf den Aufnahmen, sagte sie etwas zu laut. Mein Gerät scheint diese Töne zu verstärken. Außerdem waren sie heute höher als gestern, knapp unter 16 Hertz.

Was heißt das?

Das heißt, wir haben zwei Probleme. Zum einen ist mein Recorder zu empfindlich, und ich habe keine Ahnung, wo das plötzlich herkommt. Und zum anderen wollen mich deine Freunde hier für dumm verkaufen.

Wie kommst du denn darauf?

Jonas, ich weiß genau, was ich höre. Aber diese Leute behaupten, da wäre nichts, und wenn sie überhaupt mit mir reden, dann sprechen sie in Rätseln.

Komm doch erst mal an. Das ist Japan, da laufen die Dinge anders.

Er klang gereizt. Frida kannte die Aggression, wenn man Menschen so nah trat, als wischte man ihnen mit der Spucke den Dreck aus dem Gesicht.

Darf ich dir eine Probe schicken?, fragte sie. Ich möchte, dass du das hörst.

Frida hatte die letzten Aufnahmen auf ihren Computer überspielt. Die Vögel im Kaisergarten klangen verzerrt, das war mehr Schreien als Zwitschern. Sie durchschritt das kleine Apartment. Ihr Blick fiel auf die Taschenlampe neben dem Bett, den Helm auf dem Schrank und die weißen Plastikstreben, die ihn zur Decke hin stützten.

In den Händen hielt Frida ihren Recorder, betrachtete ihn, halb so groß wie ihr Computer, oben das kleine Display, das Mikro, die Vor- und Rückspultasten, vorne der rote Aufnahmeschalter, die Dezibelanzeige, an den Seiten Anschlüsse für Kopfhörer, USB-Kabel, zwei externe Mikros. Ein altmodisches Gerät, das aussah wie immer und ihr vorkam wie ein letzter Vertrauter. Vielleicht brannten ihnen beiden gerade die Sicherungen durch, sie schmorten schließlich schon eine Weile.

Sie setzte sich wieder an den Computer, den Kopfhörer auf und klickte auf Roberts Namen. Die Kamera ließ sie aus, wissend, dass er jede Irritation in ihrem Gesicht erkennen würde. Robert sah ihr Ereignisse an, die noch bevorstanden. Das Erste, was er bemerkte, war dann auch, dass sie merkwürdig klang. Ob alles in Ordnung sei, wollte er wissen.

Nein, in Ordnung sei vielleicht etwas übertrieben, das würde ja bedeuten, dass alles am richtigen Platz sei, vor allem sie selbst, und da habe sie doch ihre Zweifel. Das räumte sie ein, bevor sie nun doch anfing, von Subfrequenzen zu sprechen, von Verzerrungen, der Vibration, dem alten Japaner und den jungen aussparte.

Robert hatte minutenlang zugehört. Ohne den Widerspruch, den sie erwartet hatte, ohne zu beschwichtigen, bevor sie ausgesprochen hatte. Keine Tipps, keine Lösungen, nicht mal in Aussicht.

Ich glaube, sagte er schließlich, wenn du ein schlechtes Gefühl hast, also ein wirklich schlechtes Gefühl, dann solltest du zurückkommen. Du musst nicht alles bis zum Ende durchziehen, das wollte ich dir schon immer mal sagen. Wenn Sachen scheiße sind oder sich scheiße anfühlen oder dir Angst machen, dann lass es einfach.

Ich hab kein schlechtes Gefühl, ich habe nur schlechte Töne, beruhigte sie ihn und mehr noch sich selbst.

Draußen erklangen Tempelglocken, drinnen ein schrilles, elektronisches Geräusch.

Was ist das?, fragte Robert.

Keine Ahnung, sagte Frida und hatte eine Ahnung. Sie ging zur Tür, zögerte kurz und ließ Takeshi dann doch herein, der geradewegs in die Küche marschierte, als wäre er hier zu Hause. Bevor er das mitgebrachte Bier öffnen konnte, schickte sie Robert mit einem Ich dich auch aus der Leitung.

9

Frida kam es vor, als sähe er sie zum ersten Mal mit aufrichtigem Interesse an. Sie schluckte den letzten Bissen rohen Seeigel hinunter und griff nach der Lotuswurzel. Takeshi schien zu glauben, wenn jemand nur kurz in Japan sei, müsse er die gesamte Zeit essen, und dieser Überzeugung hatte sie sich anschließen können. Ob es die ganze Zeit Seeigel sein müsse, war allerdings zu bezweifeln.

Weiß nicht genau, sagte sie. Schmeckt wie Sex am Meer. Auch selten so aufregend wie erwartet.

Er schien darüber nachzudenken, seine Mundwinkel zogen sich ganz leicht nach oben, der Blick verlor sich in der

Ferne. Als er sie wieder ansah, wusste Frida, dass Sex am Meer für Frauen und Männern sehr unterschiedlich schmecken musste.

Er schenkte Sake nach und schob ihr einen kleinen Fisch hin. Ayu, erklärte er, Süßwasserlachs, gegrillt. Der Kopf ist das Beste.

Frida sah auf die weißen Augen, im Hintergrund erklang Miles Davis.

Ob das ein Scherz gewesen war oder ob er wirklich Punksänger sei, fragte sie.

Keine Scherze, sagte Takeshi. Seine Band heiße Osaka Robota. Nächste Woche hätten sie in Osaka ein Konzert, da könne sie ihn gern begleiten.

In ihrer Tasche vibrierte es kurz. *Kauf dir ein neues Gerät. Ich zahle. Gruß, Jonas*, las Frida.

Ein seltsamer Typ, Jonas, sagte sie, und Takeshi schenkte ihre Gläser voll.

Jonas war neun, als sie herkamen, begann er. Sein Vater war Konsul, und ich war der Sohn vom Concierge. Das bin ich immer noch. Er lächelte. Sein Vater habe schon in der Lobby gesessen, als das Haus noch nicht einmal Türen hatte. Eigentlich hätten sie das gesamte Gebäude um ihn herum gebaut. Jonas sei oft bei ihnen gewesen, er war viel allein. Dann wurde der Vater nach Shanghai versetzt, und Jonas schickte Briefe von dort. Sie blieben aneinander hängen, Jonas und er. Takeshi trank einen Schluck.

Die Familie behielt ein kleines Apartment im Haus, offiziell wegen der Kalligraphiestunden der Mutter. Sie war sogar gut, sagte er, und schenkte sich noch einmal Sake nach. Ist dann mit dem Kalligraphie-Lehrer verschwunden.

Ob erst die Kalligraphie da war oder erst der Lehrer, hat niemand genau gewusst. Es spielte auch keine Rolle.

Takeshi blickte lang in das Glas, bevor er weitersprach. Ein halbes Jahr später seien beide bei dem Erdbeben in Kobe umgekommen. Da war Jonas vierzehn. Wann immer er Ferien hatte, kam er zurück. Sein Vater wollte die Wohnung loswerden, doch Jonas hatte ihm wohl gesagt, dass er mit der Wohnung auch ihn loswürde. Bis vor einem Jahr habe es dort oben so ausgesehen, als wäre die Mutter nur kurz einkaufen gegangen. Im letzten Sommer habe er dann ein Entrümpelungsunternehmen bestellt. Er hat, erzählte Takeshi, meinem Vater morgens den Schlüssel gegeben und ihm gesagt, alles werde abgeholt. Dann ging er sich besaufen. Zwei Tage und Nächte lang. Danach setzte er sich in die leere Wohnung und schrieb acht Wochen durch.

Er sah auf ihren Teller. Du hast den Kopf nicht gegessen.

Nein, sagte Frida. Köpfe klingen schauderhaft.

Ja, sagte er, das kenne ich. Wenn meiner zu laut wird, gehe ich mit ihm vor die Tür.

Frida nickte.

Komm, sagte Takeshi. Ich zeig dir die Nacht.

10

Er führte sie zu abgewrackten Häusern, heruntergekommenen Bürogebäuden mit engen Treppenhäusern und wackligen Fahrstühlen. Im dritten Stock, die zweite Tür links, ein Schirmständer davor als einziger Hinweis. Dahinter 40 Quadratmeter Club: auf der Bühne eine Burlesque-Tänzerin mit

Beinen wie Brückenpfeilern, silberfarbene Bommel schwangen an den kleinen Brüsten. Das Publikum klatschte, und im selben Rhythmus kreiste ihr Arsch. Ihr Haar war blond, was ihre Schönheit noch künstlicher wirken ließ, so hübsch und verlogen.

Takeshi stellte ihr den Mann an der Bar vor und den am Mischpult. Sie tranken mit jedem ein schnelles Bier.

Für Frida zerfiel die Stadt in immer kleinere Teile, je mehr sie davon sah: Eine Straße im Zentrum, rechts floss ein Bach, links drängten sich Häuser, in jedem Erdgeschoss ein Imbiss, in jedem Hinterhof ein besseres Restaurant. Lampionlicht überall und das Gelächter von Mädchen. In der ersten Etage Tanzclubs, Fotografien der Frauen in den Schaukästen, und darüber die Bars, die keine Schilder mehr hatten. Alles sah gleich aus, die Treppenhäuser, Türen, Menschen, nur die Wände, so schien es Frida, rückten immer näher. Fünf Hocker, Tresen, dahinter Whiskey und Vinyl, beklebte Fenster. Die Musik schien aus den Mauern zu kommen, war eine dichte Masse, klang klebrig.

Das letzte Getränk nahmen sie in einem Raum, der mit ihnen beiden darin schon gefüllt war. Frida beugte sich zu Takeshi und sagte: Die Welt wird immer kleiner.

Wusstest du, dass das japanische Schriftzeichen für Mensch aus zwei Zeichen besteht? Mensch und Zwischen. Es gibt uns nicht allein.

Frida fühlte sich betrunken von allem, vom Sake, vom Seeigel, vom Lärm, den sie nicht hörte, von der Hitze in ihrem Körper, betrunken von dem Wasabi, der in der Nase kitzelte, den Stromleitungen, die wie Zikaden sirrten, den sprechenden Automaten, den Zweifeln, der Angst, der Schönheit.

Die Vögel schliefen. Sie gingen am Ufer entlang, bis sie die Bläser hörten, nachts um halb zwei, mit Schalldämpfern in der Dunkelheit, kleine Lichter am Ständer für die Noten. Weiter hinten folgten die Streicher. Einige grüßten Takeshi mit einer knappen Verbeugung, als er vorbeiging. Woher sie ihn kannten, wollte Frida wissen, ob die alle Punkmusik hörten.

Noch nicht, sagte Takeshi und erzählte, dass er Geige studiert habe, in Köln, wo er ein Stipendium bekommen hatte. Vom vierten Lebensjahr an, über zwanzig Jahre an der Geige, mehrere Stunden jeden Tag, dann hätten die Finger verrückt gespielt. Haben sich einfach zusammengerollt, sagte er, Musikerkrampf. Zuerst dachte er, das würde vergehen, aber es wurde nur schlimmer, und als er zum Arzt ging, war es zu spät. Ein paar Schüler pro Woche, dafür reiche es gerade noch. Er blieb stehen, um sich eine Zigarette anzuzünden. Frida betrachtete seine Hände im aufflackernden Licht und spürte Traurigkeit in sich aufsteigen.

Takeshi tippte den Türcode ein, und sie standen sich in der Lobby gegenüber, ein Zögern, in das hinein er sagte: Morgen fahren wir nach Osaka.

Er verbeugte sich, und Frida betrat den Fahrstuhl, konnte ihn auf dem Monitor sehen, wie sein Blick ruhte auf den geschlossenen Türen, und sie erstarrte. Sein Bild legte sich über ein anderes, Filmszenen wurden verdrängt von den Bildern der letzten Stunden, und in jeder Sequenz erkannte sie ihn jetzt. Ein und derselbe Mann. Es sah aus, als würden Jahre liegen zwischen den beiden, oder ein Leben.

Frida stürmte in das Apartment, startete den Film auf

ihrem Computer. Ausgemergelt wirkte er auf den Aufnahmen, er schien älter zu sein als heute, und doch war es so eindeutig. Unglaublich, dass ihr das hatte entgehen können. Kein Wort hatte er gesagt. Trieb sein Spiel, dessen Regeln sie nicht kannte.

Sie legte sich hin und hörte der Wohnung zu. Hörte das beständige Surren von Strom, einen Luftzug, der versuchte, die Fensterdichtung zu überwinden, draußen eine Polizeisirene. Frida hörte sich selbst, die Aufregung im Herzschlag, den Widerwillen dagegen, und dahinter ein Flattern, das durch ihren Körper ging, unhörbar tief.

11

Die Unruhe trieb sie um sieben aus dem Schlaf. Frida wollte sofort los, wollte Takeshi nicht wecken, war nur deswegen so früh aufgestanden, um eine Entschuldigung zu haben, dass sie ohne ihn hatte fahren müssen. Denn eigentlich war es so, und das wusste Frida: Sie rannte weg. Unten trat der Concierge aus seiner Box, und mit einem Mal erschien ihr die Ähnlichkeit offensichtlich.

Nach Osaka?, fragte er.

Frida wunderte sich nicht, dass er es bereits wusste.

Aus einer Schublade holte er einen Stadtplan, auf dem er zu zeichnen begann. Eine kleine Figur mit Kopfhörer, um sie herum Pfeile, durchgestrichene Straßen. Namba, sagte er und nickte so lange, bis sie dasselbe tat. Wieder Pfeile, dann ein Kreis, Noten malte er darüber. Den Den Town, Den Den Town, das wiederholten sie beide so oft, bis er vor Freude kicherte. Er drückte ihr den Plan in die Hand. Gute Reise, sagte er, und als sie schon draußen stand, rief er noch: Sie hören Land.

Wie schön der Weg nach Osaka klang: Gion Shijo, Tanbabashi, Hirakata-Shi, Kyobashi, Tenmabashi, Yodoyabashi. Draußen wurde es grüner, die Häuser spärlicher, die Landschaft von Flüssen durchzogen. Ein verrosteter Vergnügungspark, ein stummes Baseballfeld. Nur wenige Kilometer, bevor die Vororte Kyotos zu denen von Osaka wurden. Was da zu einer 2,5-Millionen-Stadt heranwuchs, war an Hässlichkeit schwer zu überbieten. Fünfzehngeschossige Wohnhäuser in allen verfügbaren Varianten der Trostlosigkeit: welkes Braun und staubiges Grau, dazwischen Bürotürme, Einkaufszentren, Spielhallen.

Frida stieg um und an der Namba Station aus, fand sich hier besser zurecht als am Berliner Hauptbahnhof, folgte weiter dem Plan. Es konnte nicht mehr weit sein zur größten Elektronik-Meile im mittleren Japan. An den Straßenecken der Geruch von Fisch und Urin. Mitsubishi, Toshiba, Kenwood, Sony, Sharp. Osaka knallte ihr in den Kopf: Den Den Town, der Name schien den Rhythmus vorzugeben.

Auf der Straße Mädchen wie animiert, Kostüme aus Filmen, die sie nicht kannte, ganze Läden voller MerchandiseFiguren. Andere verkauften nichts als CD-Rohlinge, und in jedem zweiten Geschäft: Hüllen für das iPhone. Mehr Hüllen als iPhones auf dieser Welt. Frida bestellte einen kalten Grüntee mit Milch, im Café lief Freejazz. Eine ausgewachsene Jazz-Macke hatten sie hier. Draußen fuhr einer stehend auf dem Gepäckträger eines Fahrrads mit, durch den rasenden Verkehr und in alle Richtungen blickend, ob ihm auch alle dabei zusahen. Frida war die Einzige.

Sie betrat ein sechsstöckiges Elektronik-Kaufhaus. Im Erdgeschoss eine unzumutbare Auswahl an Klobrillen und Zahnbürsten. Der hauseigene Jingle spielte in vier Sprachen: Nach zehn Minuten hätte Frida am liebsten die Boxen zertrümmert. Sie stand vor den Aufnahmegeräten, und da war dieser Widerwille, nein, sie wollte keine Beratung, sie wollte keinen neuen Recorder, musste aber, hatte ihre Pflicht zu erfüllen.

Am Ende entschied sie sich für einen Sony und ließ ihn sich als Geschenk verpacken, als würde es dadurch leichter.

Halb Osaka war untertunnelt, Einkaufszentren, Kaufhäuser, Restaurants, eine Welt unter der Welt, gedämmt, sauber, klimatisiert. Frida ging in ein Lokal, in dem die Suppe glänzte und alles nach Schweinefett roch. Sie löste die rote Schleife, riss das geblümte Geschenkpapier ab, legte die SD-Karte in den neuen Recorder ein und nahm die Grundeinstellungen vor. Das Gerät erschien ihr protzig, angeberisch in dem, was es zu können vorgab. Ein Blender.

Mit den OKM-Mikros im Ohr machte sie sich auf den Weg zurück nach Kyoto, stand lange am Bahnsteig, selbst die Rolltreppen sprachen, aus den Lautsprechern kam das Zwitschern einer Amsel, die Ansagen an den Gleisen flossen ineinander. Wie wohltuend es sein konnte, nichts zu verstehen. Was hatte eine Rolltreppe schon zu sagen? Die Sätze wurden zu reinem Klang, frei von jedem nutzlosen Inhalt. Das war nicht nur erträglich, es war schön.

Die Bahn war vollgestopft mit müden Männern in Anzügen, die in ihre Telefone tippten. Ein fremder Kopf fiel an ihre Schulter. Das Haar an ihrer Wange war härter, als es aussah. Ganz still saß sie, um das stumme Vertrauen des Erschöpften nicht zu enttäuschen. Der Schlaf war heilig, der eines Fremden erst recht. Er schlief durch bis Kyoto, sprang vor ihr aus der Bahn und hatte nichts bemerkt. An ihrer Schulter blieb ein warmer Fleck.

12

Jeder Ton klar und ungestört, perfekte Aufnahmen waren das, die ersten, die zu gebrauchen waren. Es erschien Frida wie Verrat. Sie hörte sich die alten Dateien noch einmal an, und es beruhigte sie, das Flattern zu hören. Der leichte Druck im Bauch tat ihr gut. Sie lauschte dem Geräusch hinterher, und alles schien an seinem Platz, als plötzlich ein dumpfer Schlag ertönte. Frida zuckte zusammen. Takeshi stand in der geöffneten Tür.

Willst du mich in den Wahnsinn treiben?, fragte sie.

Du machst dir zu viele Sorgen, Frida. Er sah sie lange an. Und du warst ohne mich in Osaka.

War toll, log Frida.

Ob sie gut gegessen habe, fragte er, und als sie Ramen antwortete, verzog er das Gesicht. An der Namba Station?

Frida nickte.

Aber doch nicht in dieser Schweinefettküche?

Lecker, sagte sie, auch wenn sich noch immer jeder ihrer Atemzüge geronnen anfühlte.

Weiter südlich liege eine Stadt, die berühmt sei für ihre Schweineramen. Ganz Hakata, erzählte er, stinkt nach dieser Brühe. Es gibt dort nichts anderes. Die ganze Stadt riecht nach Schweinefett. Dahin begleite ich dich nicht.

Das Ei war schon ein bisschen eklig, gab Frida zu.

Gut, sagte er. Du bist ehrlich zu mir.

Frida wog den kleinen Sony-Recorder in der Hand, legte ihn wieder ab.

Warum hast du mir nicht gesagt, dass du das bist, in dem Film von Jonas?

Er lachte. War keine gute Phase damals. Ich hatte das Gewicht einer Fliege. Mein Gesicht sah auch aus wie das einer Fliege. Grau, mit herausquellenden Augen. Takeshi schüttelte den Kopf. Ich hoffe, der Film wird ein Flop.

Umso mehr schien er sich darüber zu freuen, dass sie ihn nicht erkannt hatte. Manchmal brauche das Wissen um die Zusammenhänge eben etwas länger, bemerkte er.

Frida entgegnete nichts.

Mein Vater möchte dich zu uns einladen. Er sagt, er würde dich gern noch kennenlernen, bevor er sich von dir verabschieden muss.

Wann?

Noch heute, sagte Takeshi. Morgen fährt er in den Norden, nach Minamisoma. Er hat eine Woche Urlaub im Jahr. Manchmal habe ich Angst, ihm könnten die Augen platzen, wenn er etwas anderes sieht als seine Lobby.

Am Abend betrat Frida die kleine Wohnung. Unvorstellbar, zu zweit auf so wenig Raum zu leben. Noch dazu mit dem eigenen Vater.

Takeshi nickte, als hätte er ihre Gedanken gelesen. Ich weiß, sagte er, du wohnst in einer riesigen deutschen Wohnung mit Decken bis zum Himmel, und in den Ecken hängen die Wolken.

Ich habe ein Haus.

Macht nichts, sagte er. Wenn Jonas keine Gäste hat, wohne ich oben. Wir teilen uns die Miete. Und wenn Gäste kommen, erzähle ich von den Schönheiten und Geheimnissen dieses Landes. Ich höre gar nicht mehr auf damit, und nach drei Tagen reisen sie weiter.

Es ist eine Ehre. Aus der Küche kam Takeshis Vater, vor sich ein Tablett mit drei Dosen Bier. Er stellte sich als Papa-San vor, und Frida bezweifelte, dass sie ihn jemals so würde ansprechen können. Blechern stießen sie an. Prost, sagte er und lachte. Wie ausgewechselt war er hier, in seiner Wohnung, noch in seiner Livree, aber ohne eine Mütze, die er ziehen konnte. Frida hatte spontane Lust, ihm auf die Schulter zu klopfen und sich mit ihm zu betrinken. Die paar Worte Deutsch, die er sprach, verstand er einzusetzen. Das ist ein Knaller, sagte er zu seinem Sohn und nickte dabei in Fridas Richtung.

Auf dem Tisch lag ein dickes Album. Sie sollte sich setzen, und Papa-San schlug die erste Seite auf, zeigte ihr Fotos, und Takeshi übersetzte.

Seine erste Liebe, Satomi – eine reife Dame im Kimono lächelte angespannt in die Kamera –, er besucht sie morgen in Minamisoma. Seine erste Liebe und auch seine letzte. Nach einer langen Reise ist er an den Anfang zurückgekehrt. Er sagt: Das Schönste an der Liebe ist, dass sie niemals aufhört. Wer einmal liebt, ist verdammt dazu, bis an sein Lebensende. Er blickte auf das Foto, und Takeshi ergänzte: Das kann sehr schmerzhaft sein.

Der Vater lachte wieder.

Ich liebe viele Frauen, übersetzte Takeshi.

Dann sagte er noch etwas, was Takeshi nicht übersetzte, er legte Papa-San dabei die Hand aufs Knie, und Frida war dankbar, dass sie nicht alles erfahren musste.

Er blätterte weiter in dem Album, zeigte ihr Landschaftsbilder. Schön, ne?!, sagte er immer wieder auf Deutsch, und Frida nickte, denn das waren sie.

Er möchte, dass du wiederkommst und mit ihm dorthin fährst. Dort machen sie das beste Tempura der Welt.

Das werde ich tun, sagte Frida, und sie versprachen es sich in die Hand, in all ihre Hände versprachen sie es sich, und Papa-San trank sein Bier aus und sagte: Mehr Alkohol.

Eine Flasche Sake wurde geöffnet. Takeshi servierte Reis und kurz gebratenen Thunfisch mit Ingwer und Knoblauch.

Alles wollte Papa-San wissen über ihren verrückten Beruf, den Film und Jonas. Er schüttelte den Kopf, als Frida ihm erzählte, worum es ging, einzelne Szenen beschrieb, und doch war da immer ein Lächeln, wenn der Name Jonas fiel. Ein Spinner, sagte er.

Frida begann von ihrer Arbeit zu sprechen, und er hörte sich ihre Zweifel an, nickte, wie er schon gestern genickt hatte, als er ihre Aufnahmen anhörte, und Takeshi übersetzte widerstrebend. Er sagt, du hörst die Verwerfung. Das ist selbstverständlich. Takeshi zögerte, doch sein Vater sprach weiter und bedeutete auch ihm, fortzufahren: Nur ein Tauber könne die Erde nicht hören, aber Frauen und alte Männer hören, und ganz wenige hören sehr genau.

Frida starrte ihn an.

Manchmal, übersetzte Takeshi, kann einem das Angst machen, doch sie solle keine haben. Hier ist alles sicher.

Dann nickten beide, und Fridas Glas wurde noch einmal gefüllt bis zum Rand. Sie leerte das Glas in einem Zug. Auf die Angst, dachte sie.

Es scheint, als würdest du eine große Vorliebe für Sake hegen, sagte Takeshi zu ihr.

Selbstverständlich, sagte Frida. Ich bin kaum einem Getränk begegnet, das so schnell vergessen lässt. Das macht glücklich.

Es macht trunken.

Wo ist der Unterschied?

Sake ist wie der Tod, sagte Takeshi und ließ sich das Glas füllen.

So schlimm?

Nein, er nahm einen großen Schluck. So egal.

Papa San schimpfte leise, und Takeshi übersetzte seine Worte: Vom Sake, vom Tod und von der Liebe verstehe ich gar nichts, sagt er. Woraufhin die beiden ein paar Sätze lang stritten, und die hätte Frida nun doch gern verstanden.

Entschuldige, sagte Takeshi. Er ist heute sehr gesprächig. Das ist er immer, bevor er zu ihr fährt.

Der Vater streckte ihr seinen Arm hin und klopfte auf die Uhr an seinem Handgelenk. Junghans, sagte er, schön. Von Takeshi. Stolz strich er über das schwarze Ziffernblatt, dann schaute er in sein leeres Glas, lehnte sich zurück und grinste Frida an. Gute Reise, sagte er und schlief ein.

Als hätte sein Vater damit den Raum verlassen, beugte Takeshi sich zu ihr hinüber und küsste ihre Lippen.

Trinken wir oben weiter, sagte er, nahm ihre Hand und mit der anderen die Flasche, und Frida ließ sich einfach mitnehmen, war nur hierhergekommen, um sich mitnehmen zu lassen. Sie konnte ja kaum noch stehen.

Er war so wenig Mann und sie so sehr Frau. Zwei einander fremde Körper, die sich nicht erregen wollten, nur ertasten, küssen. Es war keine Leidenschaft, es war Neugier. Sie sahen sich an und lachten, aus Freude darüber, dass sie sich hatten in dieser Nacht. Frida berührte jeden Zentimeter seiner Haut, drei Narben auf seiner Brust. Die Vorstellung, dass jemand ein Messer hatte ansetzen können auf diesem Körper, seine fast befremdliche Makellosigkeit zerstören, tat ihr weh.

Was ist da passiert, fragte sie leise, und: Das war ich selbst, sagte er, bevor die Neugier dem Begehren wich. Frida glaubte, das Flattern wieder zu spüren, ein Krachen zu hören, ein Knirschen im Raum.

Hast du keine Angst?

Er verstand nicht, was sie meinte.

Vor einem Beben, sagte Frida.

Die Dinge passieren, Frida, mit Angst, ohne Angst. Angst ändert nichts. Eher ist es Traurigkeit.

Er lächelte und sah ganz und gar nicht traurig aus.

Wir akzeptieren das Unvermeidliche, in der Hoffnung, dass es nie passiert. Die Traurigkeit verschwindet, wenn wir feiern. Wenn wir trinken. Und beim Liebe machen.

Er drückte sie an sich, und sie wurde kleiner in seiner Umarmung, schrumpfte auf Mädchengröße, bis sie ganz geborgen war und ruhig. So blieb sie die ganze Nacht, merkte nicht einmal, dass sie sich am frühen Morgen nur noch an der Erinnerung seines Körpers festhielt, der jetzt mit einem Einkaufswagen in der Hofeinfahrt verschwand. Nichts als Wasser, Bier und Instantnudeln hatte er besorgt, den Wagen gefüllt bis zum Rand.

13

Kreisrund war der Tresen. Kleine Drehhocker aus Kunstleder, festmontiert, Fußstange. In der Mitte standen sie zu viert, Männer mit weißen Kochjacken und Mützen, bereiteten jede Tasse frisch zu, mit heißem Wasser aus großen Blechkannen. Der Raum war holzvertäfelt, an der Decke Neonleuchten.

Frida hatte Kaffee bestellt und ein Sandwich, exakt geteilt in vier Dreiecke mit jeweils drei Lagen. Sie wagte kaum, die Komposition auf dem Teller zu stören. Der Kaffee trieb ihr den Schweiß auf die Stirn. Um sie herum saßen alte Männer. Den Hosenbund bis zum Brustkorb gezogen, die Herrentaschen auf dem Tresen abgestellt, lasen sie Zeitungen, die man ihnen reichte aus der Mitte.

Noch ein Glas Wasser und eine Zigarette, Lucky Strike, die japanische Sonne auf der Schachtel. Die einen erzählten, dass die Amerikaner das Logo entworfen hätten, kurz vor dem Abwurf der Hiroshima-Bombe. Die aufgehende Sonne. Andere sagten, die Flagge zeige einen Tropfen Blut im Schnee.

Nur die Lüftung rauschte. Kyoto war an diesem Morgen eine leise Stadt.

Noch einmal besuchte sie dieselben Orte. Der Getränke-automat, die Bahnhöfe, Straßen, die Flusspromenade, alles unverändert. Nur das hörbar, was auch zu sehen war. Es war das Fehlen jeglicher Störung, das ihr unheimlich vor-kam. Diese glatte Akustik. Sie wollte der Ruhe nicht trauen und ließ den Fostex mitlaufen. Er war zu ihrem dritten Ohr geworden. Noch nie hatte sie derart an einem Gerät gehan-gen, ihr war, als wäre sie überhaupt nur vollständig mit ihm. Sie überquerte die jetzt schon vertrauten Straßen, begrüßte mit einem Lächeln die Verkäuferin im Convenience-Store, die Kittel und Mundschutz trug, sich dreimal verbeugte, ihr das Rückgeld in die Hand zählte. Ob sie abends Schmerzen hätte, fragte Frida sich. Ob es deswegen so viele alte krum-me Frauen hier gab, weil die sich ihr Leben lang verbeugten.

In der Lobby herrschte ein solch verlassener Klang, dass Fri-da unwillkürlich zusammenzuckte. Die Box, in der Papa-San gesessen hatte, aus der er herausgelaufen kam, war mit ei-nem grauen Gitter verschlossen. Ohne ihn wirkte das Haus leer und verloren, ein verblasstes Bild besserer Zeiten.

Ihr Computer meldete vier Nachrichten von Robert. Noch vor zwei Minuten hatte er versucht, sie zu erreichen. Bei ihm musste es sechs Uhr am Morgen sein, für nieman-den eine gute Zeit.

Er war so betrunken, dass sie ihn kaum verstand. Ver-sackt, sagte er, so richtig versackt, am Ende hatten sie noch die neuen Mescal-Sorten probieren müssen. Morgen wür-de er einen Kater haben, den er im Rücken spüren könn-te. Das hatte der Barmann ihm versprochen. Du fehlst mir, sagte er.

Frida wusste, wie seine Hose jetzt vor der Badezimmertür lag: als wäre ihr Besitzer einfach weggeschrumpft, der Pullover auf dem Küchenboden, das Hemd noch darin. Vor dem Bett die Socken als Knäuel.

Du fehlst mir auch, sagte sie, und dass alles voranginge, noch ein paar Tage, und vielleicht könnten sie mal gemeinsam hierherfahren, vielleicht schon nächstes Jahr? Sie spürte, dass er sie schon längst nicht mehr hörte, dass er nur nicht allein hatte einschlafen wollen.

想定外

SOUTEIGAI

Jenseits
der
Vorstellung

1

Auch die jüngsten Aufnahmen waren einwandfrei. Der sprechende Automat, die zwitschernden Ampeln klangen so klar, so höhnisch rein, dass Frida das Flattern, kein Flattern – ein Knirschen, ein Grollen erst Sekunden später wahrnahm. Dann wurde ihr schwindelig, ihre Knie wurden weich, mit zitternden Fingern stoppte sie die Aufnahme. Aber es hörte nicht auf. Frida torkelte, sie stand schräg im Raum, starrte auf die Boxen, aus dem Fenster, der Himmel schien zu schwanken. Das war ein Schwindel, der von außen kam, ein Stoßen von allen Seiten.

Kollaps, Infarkt, Aneurysma, dachte sie, irgendein Schlag trifft mich, hat mich schon getroffen. Sie wählte Takeshis Nummer und sagte: Ruf mir einen Arzt.

Es ist gleich vorbei, Frida, kriech unter den Tisch. Es ist bestimmt gleich vorbei. Ich bin in Osaka, rief er, dann riss die Verbindung ab.

Die Gläser klirrten, im Badezimmer sprang die Klospülung an. Sie kroch unter den Tisch, und der Schwindel ließ nach. Ein leichtes Schwanken nur, doch das kam immer wieder. Sie hockte da, dachte an die Strom- und Gasversorgung, an den Helm, die Taschenlampe. Die Dinge passieren, Frida, mit Angst, ohne Angst. Angst ändert nichts. Wie lang dauerte so was, und wer sagte, du kannst jetzt wieder aufstehen.

Irgendwann war sie unter dem Tisch hervorgekrochen.

Sie stellte den Fernseher an, sah Wolkenkratzer wie Grashalme wanken, Straßen, die aufplatzten wie frische Narben, Angestellte, die aus Gebäuden rannten, unter Tischen hockten. Wenn es unten vibriert, wirst du von oben erschlagen. Am unteren Bildrand blinkte eine Zahl, die nicht zu begreifen war: 8,4. Sie wurde begleitet von einem Klingeln, dann drang es in Tokio aus den Lautsprechern. Langsam, jedes einzelne Wort betonend, in zwei Sprachen, von denen Frida nur eine verstand und doch nicht verstehen konnte:

This Is A Major Tsunami Warning.

Tokio musste voll sein mit Kameras und auch die Küste, mit Kameras, die für diesen Moment installiert worden waren. Eine Naturkatastrophe mit Tausenden von Live-Bildern. Frida schaltete sich durch die Kanäle, durch unscharfe, verwackelte Aufnahmen von Dörfern, Häusern, Autos, weggerissen vom Wasser. Immer dieselben wenigen Sekunden, gefolgt von dem Umschnitt auf Tokio.

Wieder ein Klingeln, lauter, mehrmals hintereinander. Es fuhr ihr direkt in den Magen. Der Monitor im Flur zeigte einen Mann im blauen Overall mit einem Klemmbrett unter dem Arm, und neben der Tür stand es groß auf einem Zettel: 11. März – 5 pm – Gas.

Er kam herein, zog wortlos seine Schuhe aus, ging, ohne einen Blick auf den Fernseher, in die Küche, stieg auf einen kleinen Tritt mit zwei Stufen und wechselte den Notmelder an der Decke. Danach legte er die Gebrauchsanweisung auf den Tresen und zeigte ihr, wo sie den Alarm ausstellen konnte. Das beruhigte sie für einen Moment. War das nicht das Wichtigste bei einem Alarm – wo stelle ich ihn schnell wieder aus?

Frida setzte ihre Unterschrift auf eine Liste, auf der alle anderen mit einem Stempel unterzeichnet hatten. Heute war Gasalarmwartung in der Straße, und ohne eine Minute Verzögerung hatte sie stattgefunden. Alles, alles lief nach Plan. Der Monteur schlüpfte wieder in seine Schuhe und empfahl sich.

Frida starrte auf die geschlossene Tür. Wie weit war es von hier bis zur Küste, wie weit nach Tokio? Sie sah wieder zum Fernseher. Wie weit wäre weit genug? Fünfhundert Kilometer schaffte der Shinkansen in zweieinhalb Stunden, alle zwanzig Minuten fuhr einer nach Tokio, das sie nur aus Filmen kannte. An den 11. September musste sie denken, den zweiten Turm, den sie in Echtzeit hatte einstürzen sehen, als sie in einem Berliner Kiosk Milch und Zigaretten kaufte. Frida hatte gezahlt, an das Ende der Welt geglaubt, zu Hause die Tür abgeschlossen und sich einen Kaffee gekocht.

Immer neue Bilder von Zügen, Schiffen, Wassermassen, aufgenommen von Menschen, die nur knapp in Sicherheit waren, also eigentlich mittendrin. Das verstand sie nicht, wie die erste Handlung nach der Rettung, manchmal gar vor der Rettung, das Zücken einer Kamera sein konnte. Zitterte die Hand oder der Boden? Sie konnte den Bildern kaum folgen und blickte erschrocken zu Takeshi, der plötzlich mitten im Raum stand, das Telefon in der Hand, und sagte: Ich erreiche ihn nicht.

Er setzte sich vor den Fernseher, wählte immer wieder dieselbe Nummer, während die Wassermassen über das

Land rollten. Würde man heranzoomen, vielleicht könnte man Körper darunter erkennen.

Ihr Computer plingte bei jeder neuen E-Mail, morgens, kurz nach neun, war es in Deutschland, und sie wusste, was drin stand, was in allen stehen würde. Eine automatische Antwort: *Ich lebe. Vielen Dank, Frida.* Das wäre ganz einfach und war es nicht.

Robert anrufen, dachte sie, du musst Robert anrufen, und ging hinaus auf den Balkon. Takeshi sollte nicht hören, dass alles in Ordnung war in ihrer Welt. Nach endlosem Klingeln ging die Mailbox ran. Frida stellte sich vor, wie Robert später aufwachte, mit Kater im Rücken, und als Erstes hörte, dass er sich keine Sorgen machen müsse. Dass sie diesen Satz wirklich gesagt hatte, konnte sie nicht glauben. Mach dir keine Sorgen, hier ist alles ruhig. Mir geht es gut. Doch jetzt ging es nicht darum, was sie sagte, sondern dass sie überhaupt etwas sagte, dass ihre Stimme da war. Mach dir keine Sorgen.

Frida stand auf dem Balkon, hoch oben über der Stadt, und zündete sich eine Zigarette an. Durch die Scheibe sah sie ins Zimmer hinein, auf Takeshis gebeugten Rücken vor dem Fernseher.

Warum weinte sie? Nicht einmal auf den Bildern weinte jemand. Zum Weinen war es zu früh, der Schmerz käme später. Frida spürte keinen Schmerz, sondern Scham. Sie war hier nur Gast. Also wischte sie sich über die Augen und ging wieder hinein.

Takeshi stand am Tisch, in der Hand den Telefonapparat, an dessen Unterseite ein Zettel klebte, den er kopfschüttelnd las, bevor er ihn Wort für Wort übersetzte: Bei einem schweren Erdbeben (stärker als Stufe 6 auf der Richter-Skala) ist damit zu rechnen, dass die japanischen Zivilschutzbehörden das Telefon-Festnetz teilweise abschalten, um eine Überlastung durch Kontaktversuche von Familienangehörigen zu verhindern und es für die Koordinierung der Rettungseinsätze freizuhalten. Um die Kontaktaufnahme untereinander zu ermöglichen, wird im Krisenfall das «Disaster Message Exchange Board» eingerichtet, eine Art virtueller Anrufbeantworter, auf dem man kurze Nachrichten hinterlassen und abhören kann. Das System wird nur im Ernstfall aktiviert.

Takeshi schaltete den Fernseher aus und meinte, er wolle sich jetzt bitte nach allen Regeln der Kunst betrinken. Warten sei überhaupt nur trunken zu ertragen.

Besser, du kommst mit, meinte er und stand schon in der offenen Tür.

2

Die Straßen waren kalt. Das Leben war aus ihnen verschwunden, man zog sich zurück, man konnte nicht glauben. In den Restaurants und Cafés standen die Angestellten vor den Fernsehgeräten. Im Vorbeigehen konnte Frida das gedämpfte Klingeln hören, immer wieder, mal näher, mal weiter entfernt, ein höflicher Alarm, der sich vermischte mit der gleichbleibenden Stimme des Nachrichtensprechers. Unaufhörlich erneuerten sich die Warnungen für den Norden, ein Beben folgte dem nächsten, unablässig rüttelten sie durch die Gebiete: Nachbeben, Vorbeben – sicher konnte sich niemand sein. Und hier nur das Klingeln der Erdbeben-Apps, erklärte Takeshi.

Er ging vor ihr her, als stemmte er sich gegen Windböen, wenn nicht gar der Welt entgegen, er bog ab, stieß eine Glastür auf, schien fast vergessen zu haben, dass sie ihm folgte, dass sie ganz nah bei ihm war oder zumindest versuchte, es zu sein.

Die Bar war leer, ein paar halbvolle Whiskeyflaschen standen hinter dem Tresen, in der Ecke ein Klavier, auf winzigen Tischen lagen winzige Decken. Takeshi bestellte zwei doppelte Bourbon, noch bevor sie saßen. Aus den Boxen drang der traurigste Jazz, versank im harten Teppichboden. *Hello Dolly* stand auf der Tür, und sie begriff.

Takeshi kippte den Bourbon hinunter, sah auf die Flaschen, zu Frida hin, die noch nach einer annehmbaren Position suchte, in der sie verharren und sich betrinken konnte. Sie war zu groß für dieses Land, für diesen Tresen und seine rot bezogenen Hocker. In der Zwischenzeit hatte Takeshi auch ihr Glas geleert und noch mal das Gleiche bestellt. Schon jetzt war er im Vorteil.

Sein Gesicht veränderte sich, wurde weicher mit jedem Glas. Ob das an ihrer Wahrnehmung lag oder ob er tatsächlich jeden Halt verlor, wusste Frida nicht zu sagen. Sie schauten in ihre Gläser, der Barmann auf die Flaschen. Vielleicht waren es zehn Minuten, vielleicht zwanzig, bis sie hörte, wie flach Takeshis Atem ging. Es war, als hörte sie seine Angst. Er begann zu summen, wahrscheinlich dasselbe Lied, das er stumm und nackt gesungen hatte, als er für Frida nur eine Figur auf der Leinwand gewesen war. Sie sah Schweiß an seinen Schläfen, vielleicht vom Bourbon. Er kratzte einen Tropfen Wachs vom Tresen, seine Stimme klang rau.

Sie hat einen kleinen Laden direkt am Wasser. Die Liebe,

das Essen und das Meer. Was anderes braucht er nicht im Leben. Das waren seine Worte. Was meinst du, wie alt muss man werden, um mit so wenig glücklich zu sein?

Vierzig, sagte Frida und wollte es glauben. Ummauert und verputzt, Holztür davor, quietschend. Eine Sicherheit, wenn sie auch verzogen in den Angeln saß. Frida wandte sich wieder ihrem Glas zu.

Vierzig, sagte sie noch einmal und sehr leise: Hoffentlich.

Takeshi lächelte schwach und zündete sich eine Zigarette an.

Was weißt du von der Angst?

Und Frida erzählte. Von dem Messer an ihrer Kehle. In den Augen ihres Stiefvaters sah sie Trunkenheit und Zorn. Nicht Wut, nicht Hass – Zorn, sagte sie. Dazu der Satz: Ich bring dich um, du Schlampe. Sie hatte es geglaubt. Vielleicht hatte es ihr Leben gerettet, dass sie log und sagte: Ich liebe dich. Vielleicht konnte sie es deswegen nicht mehr sagen, vielleicht war es ein verlorener Satz, weil er, als sie ihn zum ersten Mal sagte, gelogen war und nur dazu da, ihr Leben zu retten.

Takeshi schenkte ihnen nach.

Beim zweiten Mal brannte das Haus. Sie war auf den Balkon getreten, fror da draußen, mitten in der Nacht, ging zurück in den Flur. Telefon, Feuerwehr, hatte sie gedacht und war schon zu Boden gesunken. Sie merkte, wie sie verschwand und dachte: Keine Rettung.

Sie kam wieder zu sich, als ein Mann mit Atemmaske sie auf dem Kantstein absetzte.

Beim dritten Mal stand sie am Tresen. Es war Nachmittag, sie bediente den einzigen Gast, als einer mit gezogener Waffe in die Kneipe gestürmt kam. Frontal stellte er sich auf, den Gast im Visier, und drückte ab. Der Mann am Tresen zeigte enorme Reflexe, duckte sich weg unter dem Schuss, den sie, starr hinter der Theke stehend, in gerader Linie abbekam. Sie sackte zu Boden, ihr Gesicht brannte, sie war blind und sicher, dass so dämlich auch nur sie sterben konnte. Aber es war ihr egal. Sie war nicht einmal erleichtert, als sie merkte, dass da kein Blut war in ihrem Gesicht, bloß Gas.

Er hielt ihr eine angezündete Zigarette hin. Weiter, sagte er.

Das letzte Mal zählt nur halb, sagte Frida. Ein Flug nach Buenos Aires. Die Gepäckklappen flogen auf, Taschen wirbelten umher, ein Druck in den Ohren, dass sie dachte, der Kopf müsste ihr platzen. Sauerstoffmasken, Schreie, Gebete. Andere taten nichts, waren nur bei sich. Sie war acht Jahre alt, und es gab noch nicht viel, was sie verloren hätte.

Er nickte.

Ich versteh nicht viel davon, sagte sie. Ich hatte immer nur Angst um mich selbst.

Takeshi starrte auf die vor ihnen stehende Flasche. Er schenkte ihnen nochmals ein, der Barmann drehte die Platte um. Sie saßen eine Zeitlang wortlos am Tresen, bis Takeshi schließlich sagte: Ich möchte noch mal mit dir schlafen.

Frida umklammerte ihr Glas. Sie war noch nicht betrunken genug.

3

Sie war nicht mehr nüchtern. Die Gassen rochen nach Bier und Sake, die Taxis trugen leuchtende Herzen auf dem Dach, alle waren frei. Das Geräusch von klackenden Absätzen, in schnellen, kurzen Schritten die letzte Bahn erwischen.

Das Licht im Fahrstuhl selbst mit geschlossenen Augen kaum auszuhalten. Ihn küssen bis zur vierzehnten Etage. Bis zur Tür. Er zog sie auf den Boden, die Hose aus, war schon nackt, alles in einer einzigen Bewegung, und sie war so feucht, dass ihre Schenkel klebten. Sie presste ihr Gesicht an seine Schulter, wollte nicht schreien inmitten der dünnen Wände, doch er drückte sie weg, wollte in ihre Augen sehen, wollte, dass sie sah, wenn er kam. Der Schmerz war von der Lust nicht zu unterscheiden. Takeshi wusste genau, was er brauchte. Als sie schrie, küsste er sie. Genau genommen war es kein Kuss. Er schluckte bloß ihren Schrei.

Mit den Fingerspitzen strich Frida an seinen Narben entlang. Er lag da mit geschlossenen Augen und atmete schwer.

Früher floss bei jedem Auftritt Blut, sagte er.

Er stand auf, wühlte in Schränken und Schubladen, legte seinen Pass, Bankauszüge, eine Taschenlampe, eine Packung Schmerztabletten und ein paar Pflaster neben das Bett, als würde ihm jemand diktieren, dies zu tun.

Für den Notfall, erklärte er, das haben wir von klein auf geübt. Viermal im Jahr. Er griff nach seinem Telefon, wählte, lief vor dem Fenster auf und ab. Die Nacht trug keine Sterne. Am anderen Ende gab es kein Signal.

Mit einer Flasche Whiskey kam er zurück ins Bett. Wie kann es wohl gehen, dass ich diese Nacht aus meiner Erinnerung lösche, doch dich darin behalte? Er hielt sie fest, seine Hand streichelte ihre Brüste, glitt zwischen ihre Beine, ihr ganzer Körper reckte sich ihm entgegen. Als wäre das Verlangen niemals zuvor so hemmungslos gewesen. Alles in ihr wollte ihn, und dass sie das nicht zum ersten Mal spürte, das hatte sie vergessen. Ihr Körper hatte ein schwaches Gedächtnis.

Takeshi legte seinen Kopf vorsichtig aufs Kissen, sie hielt ihn in sich fest. Er schloss die Augen, und während er einschlief, wurde er wieder hart, als wollte er Frida nicht allein lassen.

Im Schlaf war er noch schöner. Ihn ansehen, nicht eine Sekunde verpassen. Wenn du weißt, dass du abreisen wirst, ist bereits die Gegenwart erinnert. Alles fürs Protokoll. Da musst du die Kamera gar nicht zücken, nicht für die anderen, die auf deinen Bildern ohnehin nichts erkennen werden, von dem, was du gesehen hast. Dein Blick passt nicht durch den Sucher.

Takeshi blinzelte, sie wusste, dass auch Blicke wecken konnten, vielleicht schlief er auch gar nicht, versteckte sich nur. Frida, sagte er und sonst nichts. Nahm sie in den Arm. Ihr Name klang fremd, sie fühlte sich nicht gemeint. Sie wusste nicht, wer statt ihrer hier war.

4

Kaffee oder Tee?, fragte Takeshi leise, und dass das eine der schönsten Fragen war, die ein Mann einem stellen konnte, dachte sie, und dass die Frage immer nur einmal gestellt wird. Danach wurde man zu einem Menschen mit Gewohnheiten.

Fridas Telefon zeigte acht verpasste Anrufe von Robert und zwei Kurznachrichten. Sie hatte keine Entschuldigung für ihr Schweigen. Wahrscheinlich war es das erste Mal, dass eine Nachricht wirklich von Bedeutung war, den anderen von der Furcht befreite, von einer Sorge, der ein einzelner Körper kaum genug Raum bieten konnte. Warum musste sie selbst einer Naturkatastrophe etwas aufsetzen, warum ein eigenes Beben als Antwort hinzufügen?

Takeshi brachte ihr den Kaffee ans Bett und hockte sich auf den Boden. Hinter ihm Luftaufnahmen des Tsunamis. Man sah nur Schlamm und Dächer und ahnte den bestialischen Sog. Eine brennende Raffinerie. Ein von den Gleisen gehobener Schnellzug. Im Wasser treibende Autos. Ein an die Brücke gedrücktes Schiff. Nirgendwo Menschen. Menschen waren zu klein für all das. Ein Mann in einem hellblauen Monteursanzug erschien auf dem Bildschirm. Er sah aus wie der Gasmann, verbeugte sich nur tiefer.

Zum ersten Mal hörte Frida den Namen Fukushima.

Takeshi umklammerte seine Knie, während er zuhörte, sein Kopf bewegte sich fast unmerklich, als wollte er ihn schütteln, doch es fehlte ihm die Kraft. Kein Wort, kein Blick, er stand auf, ein nackter Hintern auf dem Weg ins Bad.

Frida hörte das Wasser rauschen und aus Richtung des Fernsehers wieder das Klingeln. Auf einer Landkarte gelb markierte Gebiete, ein rotes Kreuz an der Küste im Norden. Der Sprecher aus dem Off nannte die Präfekturen Miyaki, Iwate, Sendai und Fukushima. Die Landkarte schrumpfte zu einem Quadrat in der linken unteren Ecke des Bildschirms. Das Kreuz blinkte. Sie spürte es im Magen.

Frida holte ihren Recorder und stellte ihn vor dem Fernseher auf. Wenn er es hörte, müsste sie es vielleicht nicht mehr hören. Später käme das alles in ihr Archiv, ungeordnet, eingelagert, irgendwann vergessen.

Aber es fand kein Ende, bebte weiter und weiter. Du kannst Katastrophen nicht aufhalten. Wenn du sie kommen hörst, ist es schon zu spät. Sind sie erst in Bewegung, werden sie dich treffen, es sei denn, du duckst dich und duckst dich und duckst dich. Du hast das alles kommen hören. Du wünschst dir alles anders. Du wünschst dir genau das: diesen Mann jeden Morgen nackt an deinem Bett. Du verstehst nicht viel vom Wünschen, Frida.

Robert ging mit dem ersten Klingeln ran. Seine Stimme klang ruhig, da war eine Zärtlichkeit, die sie lang nicht gehört hatte oder lang nicht bemerkt.

Du weißt, dass ich dir vertraue, sagte er. Aber wenn es gefährlich wird, steigst du in das nächste Flugzeug. Versprich mir das.

Es war seine Vernunft, in die sie sich verliebt hatte, damals. Die hatte ihr gefehlt, und so hatte sie danach gegriffen. Seit zehn Jahren schlief sie jede Nacht neben der Vernunft ein, hörte ihr beim Schnarchen zu.

Ja, sagte Frida, natürlich. Hier ist alles ruhig, der Norden ist weit weg.

Ist jemand bei dir?, wollte er wissen.

Ja, sagte sie.

Das ist gut. Du solltest jetzt nicht allein sein. Ich hoffe, er ist Japaner und passt auf dich auf. Ich hoffe außerdem, er ist alt und hässlich.

Ja, sagte Frida wieder. Japaner war er immerhin. Robert?
Ja?

Du klingst so ruhig, das ist, ich weiß nicht, ist alles in Ordnung?

Ich habe den schlimmsten Kater meines Lebens, und hier

klingelt die ganze Zeit das Telefon. Völlig zu Recht. Alle fragen, ob es dir gutgeht. Deine Mutter sagt, sie hätte sich Beruhigungsmittel verschreiben lassen. Hat trotzdem schon dreimal angerufen heute. Ich soll dich da mit dem Privatjet rausholen. Er lachte hilflos. Wenn ich mich noch mehr aufrege, muss ich mich übergeben. Was soll ich machen, außer dir vertrauen. Aber wenn dieser Reaktor in die Luft geht, Frida ... Nimm das nächste Flugzeug, versprich mir das.

Sie wusste nicht, wovon er sprach. Nichts wusste sie, hatte nichts verstanden, nichts verstehen wollen.

Frida, das ist kein guter Moment zum Schweigen. Komm zurück, bevor dieses Scheißding explodiert. Nein, komm gleich, einfach weil ich es dir sage. Einfach, weil dann alles in Ordnung wäre, für dich, und damit auch für mich.

Frida blickte zum Fernseher und sah das grobkörnige Bild eines Kraftwerks. Es war aus großer Entfernung aufgenommen, eine unscharfe Totale. Ein Bild, das nicht für sich stand, das überlagert wurde von all den anderen, die es gab aus den letzten Stunden. Es war das Bild, das diese Collage eines Albtraums zu etwas Unbegreiflichem werden ließ.

Frida, bist du noch dran?

Sie fragte ihn leise, was da los sei, und Robert konnte nicht glauben, dass sie von nichts wusste. Ob sie denn nicht, wie er, vor dem Fernseher sitze, ob sie nicht im Netz sei, den Liveticker vor Augen. Was zum Teufel sie da treibe, während die da den nuklearen Notstand ausriefen.

Aber hier ist doch alles ruhig, sagte Frida noch einmal. Es hat nur kurz geschwankt.

Wenn du noch mal sagst, dass da alles ruhig ist, bekomme ich hier eine Panikattacke.

Robert wurde jetzt wohl tatsächlich schlecht. Ich ruf dich später noch mal an, sagte er und legte auf.

Was ist da los, in Fukushima? Fridas Stimme zitterte. Du hast mir nichts davon gesagt.

Takeshi atmete aus und sah zum Fenster. Was meinst du, fragte er, kann auch der Himmel einen Riss bekommen?

Frida spürte seine Tränen an ihrer Schulter. Noch nie war sie jemandem begegnet, der so still weinte und ohne eine einzige Bewegung. Sie hielt ihn fest, hielt sich an ihm fest, spürte von allem zu viel. Der Fernseher lief weiter, aber sie wollte die Bilder nicht sehen, drehte den Kopf weg, hin zu Takeshi, der, nass im Gesicht, eingeschlafen war.

Alles begann mit einer Erschütterung, einer, mit der man rechnen musste, auf die man nicht vorbereitet war seit Jahrzehnten. Irgendwann würde es passieren, das hatten alle gewusst und gehofft, dass alles ruhig bliebe. Bis zu dem Beben, das eines ums andere anstößt. Aber auch dann hofft man noch. Dass es nicht schlimmer kommt, hofft man. Und irgendwann bleibt nur die Hoffnung, dass es schnell vorbei ist.

Sie schlich aus dem Bett. Hin zum Computer, den Liveticker öffnen. In der Hoffnung auf Hoffnung.

+++ Cäsium tritt aus AKW Fukushima 1 aus +++

In der Nähe des beschädigten Atomkraftwerks Fukushima wurde radioaktives Cäsium festgestellt. Das berichtete die Nachrichtenagentur Kyodo unter Berufung auf die Atomsicherheitskommission. Die Wahrscheinlichkeit einer Kernschmelze sei hoch, meldet die Agentur Jiji unter Berufung auf die Atombehörde.

+++ Neuer Erdstoß erschüttert Nordosten Japans +++

Das Epizentrum liegt, der US-Erdbebenwarte zufolge, vor der Nordostküste des Landes, die bereits am Freitag von einem Beben der Stärke 8,9 erschüttert worden war. Über weitere Schäden ist zunächst nichts bekannt. Mehr als 50 Nachbeben erschwerten die Rettungsarbeiten.

+++ Zahl der Opfer steigt +++

Die Zahl der Opfer steigt unaufhörlich: Offizielle Quellen sprechen bereits von mehr als tausend Toten und 10 000 Vermissten.

5

Die Leitungen in den Norden waren blockiert, das Telefon seines Vaters blieb stumm, wie auch das vom Restaurant seiner Freundin. Stunde um Stunde hatte Takeshi es versucht, und jetzt sagte er: Lass uns arbeiten gehen.

Frida verstand ihn nicht, saß noch vor dem Computer, fünf Nachrichtenseiten gleichzeitig geöffnet.

Wir können doch jetzt nicht arbeiten.

Zieh dich an, sagte er. Arbeiten kann man immer.

Frida ging ins Bad, drückte den Knopf, hörte die Frauenstimme, die etwas sagte, das nicht von Bedeutung sein konnte. *30 °C* stand auf dem Display. Sie wollte Takeshi nicht abwaschen von ihrer Haut, wollte, dass er blieb, sein Geruch, sie genoss den wunden Schmerz zwischen ihren Beinen, und schämte sich dafür. Sie war, dachte sie, zwischen ihren Schenkeln eingeklemmt, mit all ihrem Verstand.

Draußen hörte sie ihn telefonieren. Ein kurzes Gespräch, ein zärtliches Abfragen, ob alles in Ordnung sei, wo eigentlich nichts in Ordnung war und es reichte, dass man lebte. Als sie aus dem Bad kam, hatte Takeshi aufgelegt. Sie sah ihn fragend an.

Eine Freundin. Aus Tokio. Er wich ihrem Blick aus. Nimm deinen Pass mit und feste Schuhe.

Frida packte die Geräte in ihren Rucksack. Es war gut, dass ihr jemand sagte, was sie tun sollte.

Aber es ist doch alles ruhig.

Frida wusste nicht, ob das Mitleid war in seinem Blick oder Verachtung. Ihr wurde kalt, als er sagte: Vorher ist alles ruhig und hinterher auch.

Im Fahrstuhl erzählte er ihr, dass es in den Supermärkten in Tokio kein Bier mehr gab. Die Beben seien das eine, aber kein Bier etwas ganz anderes. Wenn das Bier ausverkauft ist, dann ist die Lage ernst, sehr ernst. Takeshi versuchte zu lächeln. Sie lächelten beide, ohne jeden Grund.

6

Frida hörte nur Stille in den Gesichtern. Ein Aufmarsch von Masken, deren Reglosigkeit sie nervös machte, fast schon wütend. Sie hatte diese Gesichter noch nicht lesen gelernt. Sahen die schon vorher so aus, fragte sie sich.

Schau mal, sagte Takeshi, das traurigste Café der Stadt.

Frida blickte durch die Scheibe und sah Katzen auf billigen Möbeln sitzen.

2000 Yen für eine halbe Stunde, Softdrink inklusive. Ausgerechnet heute ist niemand da.

Was ist das?

Ein Katzencafé. Da kannst du Katzen streicheln. Was Lebendiges anfassen.

Frida wandte sich ab, musterte jedes Gesicht, das ihnen entgegenkam. Es war, das begriff sie jetzt, keine Leere darin, keine Härte. Die Gesichter waren nicht gefasst, sie waren erstarrt.

Der Verkehr stockte auf der Kawaramachi. Jeder Bus, jedes Taxi schien hier entlangzufahren, auch für Fußgänger gab es kaum ein Durchkommen. Vor jedem zweiten Geschäft stand einer und brüllte Sonderangebote heraus, verschenkte Rabatte. An der Kreuzung verteilte der Drogeriemarkt Taschentücher. Durch automatische Schiebetüren betraten sie die Pachinko-Halle.

Der Lärm war infernalisch. Dies war der Ort, an dem Denken unmöglich war, ein Ort, zum Vergessen gebaut. Dreißig Reihen Spielautomaten, davor saßen sie, die kleinen Plastikwannen neben sich mit Kügelchen gefüllt. Alles blinkte, alles piepte, aus den Boxen ballerte der Pop. Frida wusste kaum, ob der Lärm ihr den Schrecken einjagte oder der Anblick der Menschen, die ihn ignorierten. Sie zeigten keine Reaktion, auch dann nicht, wenn Kugeln aus dem Automaten herausfielen, was nur bedeuten konnte, dass sie gewonnen hatten. Es schien ihnen gleichgültig zu sein.

Takeshi schrie ihr ins Ohr, und sie schüttelte nur den

Kopf. Es hier mit Worten zu probieren, war absurd. Frida schaltete den Recorder an, alle Balken schlugen aus bis an den Rand. Takeshi hämmerte auf die Knöpfe, die Kugeln peitschten durch das Gerät, ratterten in die kleine Plastikwanne vor seinen Knien. Es klang wie ein Krieg, in dem sich noch Armeen gegenüberstanden.

Wieder auf der Straße, kam ihr der Lärm der Rushhour vor wie der Klang eines Windspiels. Takeshis Augen waren stumpf. Eine Tafel Schokolade hatte er gewonnen, weiße Luftschokolade.

Hilft alles nicht, sagte er. Der Kopf ist lauter als Pachinko. Er strich ihr das Haar aus dem Gesicht, riss eines heraus. Entschuldigung, sagte er, ein graues Haar. Das sah so verloren aus.

Er legte es in seine Handfläche, blies es weg und sagte, er dürfe sich wohl etwas wünschen, und zog Frida von der Hauptstraße weg, rechts in eine Gasse, und im nächsten Hauseingang küsste er sie so heftig, dass hinter ihnen der Summer ertönte und sie hineinfielen in eine Lobby, die dafür nicht vorgesehen war. Sie sahen den Concierge über sich, und der Anblick zog ihnen die Lust aus den Körpern. Die Erinnerung war ein Schock, der sie bleich werden ließ vor Scham.

Schweigend waren sie abgebogen, vorbei an einem Restaurant, darin bloß ein Fernsehgerät und eine junge Frau, gebeugt hinterm Tresen, die in ein Geschirrtuch weinte, als wäre das Weinen eine Schande.

Kurz blieben sie stehen vor dem dreckigen Fenster. Es hatte eine Explosion gegeben im Atomkraftwerk Fukushima. Takeshi öffnete zaghaft die Tür, und sie setzten sich. Die junge Frau schenkte ihnen Tee ein, wandte den Blick dabei kaum vom Fernseher ab.

Manches übersetzte Takeshi, das meiste nicht. Er sah an Frida vorbei, als er sagte: Es hat keine größeren Schäden gegeben, sagen sie.

Frida stand auf und ging näher an den Bildschirm heran. Schwere, graue Wolken. Das Dach war weggerissen worden. Alle Welt konnte es sehen. Keine größeren Schäden.

Bleib bitte hier, sagte Takeshi. Frida streckte die Hand nach ihm aus, hielt seine fest, und beide zuckten zusammen, als das Telefon klingelte. Es war ihres, und es war Robert, der kein Hallo abwartete, der nur mit ruhiger Stimme sagte: Komm sofort nach Hause, und als sie nicht antwortete, flippte er aus.

Ob ihr denn alles egal sei. Ob sie nicht ein Mal an andere denken könne, an ihn, der vor Sorge umkomme. Dass die gar nichts unter Kontrolle hätten, und warum zum Teufel sie da jetzt nicht sofort wegwolle, das gehe ihm einfach nicht in den Kopf.

Und Frida hatte sich nicht erklären können. Sie wusste nur, dass sie die Hand nicht loslassen konnte, die ihre die ganze Zeit festhielt. Das schaffte sie nicht.

Ja, sagte sie zu Robert. Ich komme. Bald.

7

Und was ist, wenn der Wind sich dreht?

Takeshi stand vor dem Kühlschrank und entriss ihm die Lebensmittel, knallte alles auf den Herd.

Abhängig vom Wind.

Er riss eine Tüte Ramen auf, warf sie ins kochende Wasser, hörte nicht zu reden auf, wechselte ins Japanische, schrie fast, vielleicht sang er auch und zerhackte dabei den Kohl.

Es stimmte. Wo sollten sie hin, wie sollte das gehen? Sollten 140 000 Menschen ihre Heimat verlassen, ihre Geschichte, für zwanzig Kilometer Sperrzone? Und was, wenn der Wind sich drehte, Richtung Tokio, was dann? Zu Hause bleiben. Die Fenster und Türen geschlossen halten. Das war alles, was sie sagten. Sich einsargen und verrotten.

Fridas Telefon vibrierte immer wieder neben ihr auf dem Bett. Sie drückte das Kissen darauf, als wollte sie es ersticken. Wie wichtig man wurde, wenn man einer Katastrophe nah war.

Einer fragte, ob sie schon in der Deutschen Botschaft sei, ob man sie da rausholen werde, ob sie Helikopter bereitstellten. Bundeswehrmaschinen. Jodtabletten. Geigerzähler. Das waren Nachrichten aus einer anderen Welt.

Takeshi drückte ihr eine dampfende Schale in die Hand. Ihm selbst hatte das Kochen gereicht, schon von dem Geruch sei ihm übel, sagte er und: Sie müsse essen, müsse groß und stark bleiben, damit sie ihn später auf ihrem Rücken davontragen könne.

Wenn er so weitermachte, dachte Frida, könnte sie ihn sich wie einen Schal über die Schultern werfen. Er nahm sich eine Zigarette, den Aschenbecher vom Tisch und verschwand im Bad.

Groß und stark bleiben. An diesem Ort war sie keine Sekunde groß und stark gewesen. Aber je länger sie bliebe, desto stärker musste sie zu Hause wirken, robust, unbeirrbar, vielleicht sogar mutig. Vielleicht. Vielleicht hielt man sie auch einfach für geisteskrank.

Geröll türmte sich über den Dächern. Hier und dort standen noch Sträucher, die Häuserwände umgestürzt, eine Veranda rechts unten im Bild. Frida hielt sich das Zeitungsfoto dicht vor die Augen. Kleiderschrank, Bett, Computer, Kinderwagen, Autos, eine Küchenanrichte, ein Fischkutter, bis auf eine Pfütze im Vordergrund hatte der Tsunami sämtliches Wasser zurück ins Meer gezogen. Im Hintergrund: mehr Qualm als Feuer. Wie sollten sie da irgendjemanden finden? Wie sollten sie überhaupt suchen?

Sie brachte Takeshi ein Bier ins Bad. Er lag im warmen Wasser, die Haut zum Zerreißen dünn. Das solle sie unbedingt auch tun, sagte er, den Schmutz abwaschen. Die Welt werde schmutziger jeden Tag.

Später saßen sie in Bademänteln am Schreibtisch, auf dem Bildschirm Jonas, der an seiner Augenbraue zupfte und *Scheiße* sagte. Die drehen hier alle völlig durch. Habt ihr das gehört vom Auswärtigen Amt? Die raten ab von allen Reisen nach Tokio und in den Norden. Die Amerikaner haben gleich für Gesamtjapan eine Reisewarnung rausgegeben. Bei uns sind die Geigerzähler ausverkauft und –

Papa-San ist verschwunden, unterbrach Takeshi ihn. Er ist gestern früh hochgefahren, nach Minamisoma.

Scheiße, sagte Jonas hilflos. Frida stand auf, um eine Zigarette zu rauchen auf dem Balkon. Die Nacht kam ihr kälter vor als die vorherigen. Sie zögerte kurz, bevor sie die Luft einsog. Als wäre es schon hier, schon überall. Nur elf Flugstunden entfernt war ihre Sicherheit, saß da und wartete.

Sie hörte Takeshi rufen. Etwas Vertrautes lag in seiner Stimme, ihr war, als könnte dieses hier genauso gut ihr Leben sein. Oder wenigstens eine überzeugende Simulation. Möchten Sie lieber dieses oder das hier, A oder B, ist es so besser oder so?

Sie ging hinein, auf dem Bildschirm noch immer das Gesicht von Jonas, erschlagen, grau, aber das konnte auch am Monitor liegen. Zu alt für satte Farben.

Die beiden winkten in die Kameras, lächelten, reckten die Daumen hoch, und das Bild war so traurig, dass Frida den Blick abwandte. Takeshi nahm ihr die Zigaretten aus der Hand und ließ sie allein.

Sie konnte sehen, wie Jonas ihm mit den Augen folgte, dann sah er Frida an.

Hallo, sagte er. Müde klang das, und Frida antwortete:

Ist schon okay.

Er mag dich, sagte Jonas. Aber das bedeutet nichts. Ihm bedeutet das nichts.

Ich möchte nicht darüber reden.

Wenn das Schlimmste passiert, Frida, wird Japan nicht mehr angeflogen. Ich weiß, dass in Kyoto noch alles normal ist. Aber …

Frida sah Jonas an, diesen Jungen, der aus dem Nichts aufgetaucht war. Sein Gesicht war ihr fremd.

Die Dinger stehen entweder an der Küste oder direkt auf einer Verwerfungslinie. Oder beides.

Ich werde den Flug umbuchen, sagte sie. Ich nehme die nächste Maschine, die ich kriegen kann.

Mach das bitte, sagte Jonas. Sie konnte ihm ansehen, dass er erleichtert war.

Aber ich wünschte, sagte Frida, wir hätten das nicht längst gewusst. Ich wünschte, dass damit niemals zu rechnen gewesen wäre.

Jonas riss an seiner Augenbraue. Die rechte sah bereits deutlich dünner aus als die linke.

Du solltest, sagte Frida, darauf achten, auch die andere Braue zu zupfen. Du siehst schon ganz schief aus.

Meld dich, sagte er noch, bevor er sich ausschaltete.

Offiziell war die Stärke des Bebens auf 9,0 nach oben korrigiert worden. Das stärkste Beben, das seit Beginn der Messungen Ende des 19. Jahrhunderts in Japan registriert wurde.

Frida klickte weiter durch den Liveticker: Im dritten Reaktorgebäude lagen die Brennstäbe frei. Das Kühlsystem war ausgefallen, es sei zu einer teilweisen Kernschmelze gekommen. Radioaktiver Dampf war entwichen, und noch immer drohte eine Explosion. Die Ausgabe von Jodtabletten wurde vorbereitet.

Sie begab sich in die Warteschleife der Fluggesellschaft, bereit, die gesamte Nacht auszuharren im warmen, unschuldig-verlogenen Jingle, während dahinter die Drähte heiß liefen.

Der Endlosschleife im Ohr, die Tickermeldungen vor den Augen, und wenn sie die Augen schloss: Takeshis nackter Körper, Papa-San in Livree vor dem Fahrstuhl. Du musst hier weg, Frida, du musst, du musst hier weg.

Da haben Sie aber Glück, sagte der Ahnungslose am anderen Ende. Er habe noch einen Platz, könne es selber kaum glauben. Übermorgen früh, sagte er, 8 Uhr 30, ab Osaka

Kansai. Umbuchungsgebühren keine, das sei schließlich eine Ausnahmesituation. Das alles sei eine einzige Ausnahme, was so klang, als würde es in Wahrheit gar nicht geschehen. Vom Glück hatte Frida eine deutlich andere Vorstellung, doch das sagte sie nicht. Sie gab ihre Daten durch, und als sie hörte, dass Takeshi den Fernseher ausschaltete, begann sie zu flüstern.

Nachdem sie aufgelegt hatte, sah sie ihn im Bett liegen, den Blick zur Decke gewandt. Etwas in ihm atmete schwer.

Jonas wollte mir einen Flug buchen. Ich kann bei ihm wohnen, hat er gesagt. Wie uns plötzlich alle aufnehmen wollen, als wären wir Waisen. Die Russen bieten uns ihr Sibirien an. Komm, wir fangen noch mal neu an in der Steppe! Welcher Mann soll das seiner Frau anbieten? Was sollen wir da? Nächste Woche schießen sie uns noch zum Mond.

Er macht sich Sorgen, sagte Frida. Sie spürte, wie viel Kraft es Takeshi kostete, einigermaßen ruhig in dem Raum zu liegen.

Er macht sich keine Sorgen. Er hat aufgegeben. Sonst hätte er diesen Film nicht gemacht. Japan wird untergehen, nichts anderes glaubt er, und jetzt hat er seinen Beweis. Wir sind das nächste Atlantis, und er ist so gütig, seinen Freund rechtzeitig rauszuholen. Er hat gar nichts verstanden.

Sie konnte sich nicht bewegen, so fest hielt er sie.

Ich spüre meine Wunden, sagte Takeshi, jeden Zentimeter. Ich spüre sogar die Nächte, in denen sie auf meinen Körper kamen. Es tut weh. Jetzt erst tut es weh.

Frida wollte ihn nicht allein lassen, sie wusste nicht, wer seine Freunde waren, ob es die gab, Verwandte, Familie.

Takeshi sagte, er habe nur noch einen Onkel in Osaka. Er

selbst könne sich kaum erinnern an die Familie, die es mal gegeben hatte. Groß soll sie gewesen sein, ein verwöhntes, stures Pack, mütterlicherseits, vermutete Frida, ein Pack war immer mütterlicherseits. Eine alte Kyotoer Familie, hochmütig, den Traditionen verpflichtet. Bei der Beerdigung der Mutter hatten sie seinen Vater angeblich nicht einmal angesehen.

Es war das erste Mal, dass Frida ihn von seiner Mutter sprechen hörte. Seine Worte kamen so langsam, dass sie ahnte: Er war es nicht gewohnt. Die Familie gab Papa-San die Schuld an ihrem Tod, sagte Takeshi. Seine Affären hätten die Mutter krank gemacht, jede von ihnen habe ein Geschwür in ihr hinterlassen. Er könne sich kaum an sie erinnern, sechs war er, als sie starb.

Sie hätten ihn ausgelacht früher, immer war etwas falsch, die Uniform schmutzig, seine Bento-Box kümmerlich, die Haare zu lang. Er habe Kellnerinnen im Restaurant gefragt, ob sie seinen Vater heiraten könnten. Zwei hätten sogar gewollt, aber Papa-San habe gesagt: Nie wieder. Mein Herz ist zu groß für die Ehe.

Takeshis Atem wurde tiefer, seine Umarmung leichter. Die Trauer schien ihn zu ermüden, er floh regelrecht in den Schlaf. Die Möglichkeit eines neuen Lebens beginnt im Bett eines anderen, dachte Frida. Wann hatte sie das letzte Mal richtig geschlafen. Sie war zu müde, um sich daran zu erinnern. Und doch konnte sie nicht liegen bleiben. Sie wartete noch ein paar Minuten, nahm ihren Rucksack und verschwand.

8

Allein saß sie auf dem Holzboden, der so glatt war, dass sie ihr Gesicht daran schmiegen wollte. In ihrem Rücken hingen gerahmte Bilder, vor ihr lag der Tempelgarten, in den sie das Mikro hielt. Alles war komponiert, die Berge im Hintergrund geborgt für diesen Anblick, seine Schönheit ungebrochen. Sie saß allein auf dem weichen Holz und sah nach draußen. Leise beschnitt der Gärtner einen Hibiskusstrauch, vorsichtig, als wollte er die Schmerzen gering halten. Im Hintergrund das regelmäßige Schlagen von Bambusholz. Wasser floss in das Rohr, war es gefüllt, kippte es nach unten, schlug auf Stein. Selbst die Frösche schienen dann zu verstummen, exakt alle vier Minuten. Der langsamste Herzschlag, der Herzschlag eines Gartens. Schon jetzt kam es ihr wie eine Erinnerung vor, an Zeiten, in denen alles gut gewesen war. Die Idylle ein Trugschluss. Sie legte ihre Hand auf das Moos. Es fühlte sich tröstlich an.

Sie hörte den Mönch herankommen, hatte ihn erwartet, sein Gang stand auf ihrer Liste. Er klang wie der eines kranken Pferdes, seine Schritte waren wie Hufschläge. Die Sohlen der Sandalen aus dickem Holz, die Füße hatten darin keinen Halt, schlurften über den Boden.

Er hob den Kopf, und Frida sah ihm in die Augen. Sie nickten sich zu, kein Gruß war das, eher eine Entschuldigung. Hier blieb jeder für sich. Heute betete man allein oder mit den Fröschen.

Sie strich den Mönch von der Liste, strich *Garten* durch, überließ das Hören dem Recorder, betrachtete die Töne nur, die ausschlugen im zulässigen Rahmen. Ihr Kopf ein gepolsterter Helm, der nichts hereinließ und schlimmer noch: nichts hinaus.

Ein Zug rollte vorbei, direkt hinter dem Tempel, dort, wo keine Gleise waren. Frida spürte jeden Waggon. Fünf, sechs, ein kurzer Zug. Ihre Fußsohlen kitzelten. Sie spürte einen Blick auf sich ruhen, jemand saß verdeckt von den Sträuchern, nur ein regloser Schatten. Dann erkannte sie Augen. Darüber eine Mütze mit Ohrenklappen. Sie starrten einander an, bis er aufstand und sich mit einer Verbeugung verabschiedete, in Richtung des Tempels verschwand, ohne einen einzigen Laut.

Mit langsamen Schritten ging sie zurück. Der Weg war nicht weit, die Straßen waren noch immer leer. Wer traurig war, blieb zu Hause.

Ich muss los, sagte Takeshi mit belegter Stimme, als sie die Tür hinter sich zuzog.

Wohin, fragte sie.

Osaka, sagte er, das Konzert.

Frida hatte das Konzert vergessen, auch erschien es ihr unvorstellbar, dass es tatsächlich stattfinden sollte. Aber sie würden spielen, natürlich, würden auf der Bühne stehen, das Publikum wäre da, das Leben musste hingenommen werden, man musste tapfer sein, jetzt erst recht, musste Spaß haben. Die Spendenbox für den Norden würde am Eingang stehen und Frida auf der Gästeliste.

Danke, sagte sie.

Wann geht dein Flug morgen?

Um halb neun.

Er hatte alles gehört, würde nichts mehr dazu sagen, hatte sich längst verabschiedet. Als sie seine Schulter berührte, drehte er sich weg und zog einen Stadtplan aus dem Regal.

Du findest es leicht, sagte er. Es ist in der Nähe der Namba Station. Er zeichnete den Weg auf der Karte ein, schrieb den Namen des Clubs dazu, den Frida nicht lesen konnte.

Komm um sieben. Nebenan ist ein Hotel. Du kannst von dort direkt zum Flughafen.

Frida nickte nur. Obwohl sie es war, die ihn verließ, fühlte sie sich abgeschoben. Takeshi hatte es geschafft, alles in sein Licht zu rücken oder besser: über alles seinen Schatten zu werfen. Sie flog zurück, weil er es so wollte.

Ich fahre morgen früh in den Norden, sagte er. Ich werde ihn finden.

Er packte Ladegerät, Pass und Bankunterlagen in eine Plastiktüte und warf ihr im Rausgehen einen Kuss zu, der sie hart im Gesicht traf.

Frida fiel auf das Bett. Sie würde packen müssen, sich selbst zusammenpacken, sich falten und in den Koffer pressen. Neben ihr vibrierte das Telefon. *Komm sofort zurück*, las sie, dahinter zu viele Ausrufezeichen, sie hörte jedes einzelne und drückte ihr Gesicht in das Kissen. Wenn etwas nicht geht, dann ist es zurück. *Zurück* ist keine Richtung, in die man leben kann. Du trägst die Schäden im Gesicht und nicht nur da. Im Gesicht kommen sie zuletzt an. Bis jemand sagt: Wie siehst du denn aus?, hast du dich schon fast wieder erholt, da hast du schon fast wieder Boden unter den Füßen, sonst wärst du ja gar nicht vor die Tür gegangen.

Lang hatte sie vor Papa-Sans Box gestanden, den gepackten Koffer neben sich. Sie wusste, dass sie nichts vergessen hatte, nichts, was sich in einen Koffer packen ließ. Ein Foto zum Abschied, das nichts als ein Gitter zeigen würde. Manche Orte bewohnst du nicht, sie bewohnen dich. Haben sich mit Fundament in dich hinein gesetzt. Sie werden bleiben. Du bist eine wirre Architektur in weiter Landschaft, hier und da eine Aussicht.

Frida drehte sich um. Diesmal trug keiner ihr Gepäck.

9

Der Club befand sich im Keller, direkt unter der U-Bahn, war klebrig bis an die Decke und stank nach Jägermeister. Ganz Japan schien verrückt danach zu sein. Takeshi hielt eine ganze Flasche in der Hand, mit der anderen stützte er sich an der Box ab. Ein Techniker verkabelte die Bühne, Bier wurde in Kühlschränke geladen, das Neonlicht zeigte zu viel, überall Dreck und Erschöpfung. Frida stand mitten im Raum, wo niemand sie beachtete.

Langsam drehte Takeshi den Kopf und nickte ihr zu.

Ich zeig dir das Hotel, sagte er und stieß sich von der Box ab. Er holte seine Tasche, stieg die Treppen hoch, schwankte bei jeder Stufe vor und zurück. Alles in ihr war bereit, ihn aufzufangen, doch Takeshi fiel nicht, würde nicht fallen.

Das Hotel lag drei vollgemüllte Hauseingänge weiter, ein weißes Schloss aus Pappmaché, mit Türmchen, blinden Fenstern und Neonlettern an der Fassade. Zwei Zimmer waren noch frei. Sie sahen es auf dem Display. Es gab keine Rezeption, keine Bar. Es gab keine Angestellten, die bezeugen könnten, wer hier gewesen war. Zwei freie Zimmer, zwei erleuchtete Fotos. Das eine schillernd blau und dunkel, projizierte Fische an den Wänden, Unterwasserstille.

Takeshi buchte den Hello-Kitty-Raum für die gesamte Nacht und tat das nicht zum ersten Mal. Das war offensichtlich.

Frida sah sich die anderen Bilder an, Zimmer wie U-Bahn-Waggons, wie Mädchenträume, mit Käfigen, mit Pokémons, Handschellen, Plüsch, Kacheln.

Es ist, sagte er, das billigste Hotel hier in der Gegend.

Sie überlegte jetzt doch, die Nacht am Flughafen zu verbringen, aber da standen sie schon im Fahrstuhl, da hatte er schon die Zimmertür aufgestoßen und ihr das Gepäck abgenommen, da hatte sie schon ihre Jacke nicht mehr an und bald nur noch die Schuhe, da lachte sie und schwitzte und schrie ganz leise.

Er blieb auf ihr liegen. Atmung und Zunge waren schwer, als er flüsterte: Wir müssen los.

Das Publikum stand vor der Bühne, als wartete es auf die nächste Bahn. Stumm, geduldig, leblos, aber mit Bier in den Händen und noch öfter Schnaps. Frida stand neben dem Mischer, wo Takeshi sie abgestellt hatte, und sah über die Köpfe hinweg zu ihm, der aus dem Nebel auftauchte und sich am Mikrophonständer festhielt. Es war ein kleiner Club, doch davon schienen sie nichts wissen zu wollen, pumpten noch mehr Rauch hinein, und auf Leinwänden rechts und links der Bühne erschien Takeshis Gesicht, er stand zwischen sich, wurde überstrahlt vom eigenen Bild. Als er zu singen begann, spürte Frida: Das war kein Punk mehr, sondern das Ende aller Wut.

Seine Stimme war eine andere, wenn sie laut war, wenn er sang. Erst jetzt fiel ihr auf, wie leise Takeshi stets gesprochen hatte, als wäre jeder Satz zwischen ihnen ein Geheimnis gewesen.

Sie leerte das Bier, holte ein neues.

Die Musiker brachten den Sturm, den Frida erwartet hatte. Bei den ersten Bassklängen begann das Publikum zu springen. Man konnte es einfach anschalten. Takeshi sang jetzt nicht mehr, er schrie. Rasende Worte, die nicht wie Musik klangen, sie klangen nach Kampf, nach Massenprügeleien. Nach dem zweiten Song klebte sein T-Shirt am Körper, seine Augen waren geschlossen. Frida blickte zwischen ihm und seinen Abbildern hin und her. Er war kein anderer, er war noch mehr. Er hörte gar nicht mehr auf.

Sie floh hinaus auf die Straße. Auch hier war es eng, man schob sich in den nächsten Club, trug Hotpants in Silber und die Haare blond. Es brauchte einige Minuten, bis die Musik nicht mehr dröhnte in ihrem Kopf und ihr klar wurde, was nicht stimmte an der Szene: Sie war still. Die Mädchen kicherten nicht. Stumme Party-Horden drängten ins Nirgendwo.

10

Takeshis Haut klebte von Schweiß und Jägermeister, eine Frau hatte ihm ein volles Glas über die Brust geschüttet, wortlos, sodass auch Frida die Botschaft verstanden hatte. Er kannte nur die erste Silbe ihres Vornamens. Mit einer Kopfbewegung hatte er nach oben gedeutet, Richtung Ausgang, Richtung Hotel, Richtung letzte Nacht.

Jetzt stand er betrunken vor Frida und nackt, in der Hand noch ein halbvolles Bier. Er fiel in das Bett mit der rosa Wäsche, über sich Handschellen aus Plüsch, drückte den Kopf zwischen die mächtigen Pfoten der Plüsch-Kitty und schlief sofort ein.

Vor dem Fenster waren Autos in Schienen aus Metall übereinandergeparkt, jeweils drei, in vier Reihen, ein Selbstbedienungskarussell, in einer Stadt, in der es für alles zu eng war. Frida zog die pinkfarbenen Vorhänge zu, stellte den Wecker und duschte, fast blind von so viel Rosa und Pink, über allem der Geruch von Kaugummi und falschen Blumen.

Sie war müde und wollte es nicht sein. Wollte die Stunden, die ihre letzten gemeinsamen sein würden, nicht verschlafen, wollte sie festhalten, mitnehmen in das, was der Rest ihres Lebens sein würde. Ein großer Rest. Takeshi begann zu schnarchen, und für einen Moment dachte sie daran, ihren Recorder auszupacken, ihn aufzunehmen, dann könnte sie ihn neben sich hören, später. Sie erküsste dieses Schnarchen, legte ihren Mund darauf, wollte auch das mitnehmen, einen Kuss, der eine Erinnerung sein könnte.

Takeshi drehte sich um, legte seine Stirn in ihren Nacken, seine Arme um sie, die Finger in ihren Händen schlief er weiter. Frida begann, ihn zu vermissen, und als drei Stunden später der Wecker klingelte, war sie vor Sehnsucht schon ganz schwer.

Er ließ sie los, ließ alles los, sah sie an, hellwach für ein paar Sekunden, und sagte: Bis gleich. Sein nackter Körper drehte sich zur Seite. Er streckte den Arm aus nach Kitty.

VERWERFUNG

1

Was war Frankfurt? In großen Lettern stand es auf der Halle. Frankfurt. So gut wie Zuhause. Zurück in einem Land, dessen Regeln sie kannte. Zuhause. Je öfter sie das Wort innerlich aufsagte, desto weniger Sinn schien es zu haben.

Die Gänge entlang, den Pass in der linken Hand, das unentbehrliche Gepäck in der rechten. Doch etwas war anders, die Blicke wachsamer als gewohnt, das hieß: angespannt. Das Sicherheitspersonal winkte sie zur Seite und weiter in einen separaten Gang. Nur ein Routinecheck, der sei leider nötig.

Sie reiste ein aus einem der saubersten Länder der Welt, wo man kaum etwas mit den Händen berührte, sogar einander nur in Ausnahmefällen, Begierde etwa, Liebe vielleicht. Und jetzt prüften sie, ob ihr Gepäck, ob sie selbst Sondermüll geworden war, Gefahrengut.

Frida stand starr und noch immer schläfrig in der Sicherheitsschleuse, wurde nicht einmal mit Handschuhen angefasst. Sie suchten nicht nach Metall oder Sprengstoff oder Drogen. Der Geigerzähler glitt an ihrem Körper entlang, an ihrer Kleidung, Was passierte mit denen, die den Grenzwert überschritten. Was machten sie dann mit dir. Was würden sie machen mit dem Gepäck.

Nichts piepte. Alles war still. Sie war sauber. Bis auf die Haut.

Im Transitbereich Monitore, dreckig kamen die ihr vor, überhaupt alles zu laut und zu schmutzig hier. Die Menschen schrien, wenn sie miteinander sprachen, und kamen ihr zu nah. Sie roch Deo und Schinken, setzte sich an das Ende einer Stuhlreihe und klickte sich durch die Kurzmeldungen.

An der Küste der Präfektur Miyagi waren 2000 Leichen gefunden worden. Die Region Iwate appellierte an Bestattungsunternehmen im ganzen Land, sie sollten Särge und Leichensäcke schicken. In Reaktor 2 war das Kühlsystem ausgefallen. Die U.S. Navy hatte ihre Schiffe und Flugzeuge zurückgezogen, nachdem, rund 160 Kilometer vor der Küste, stark erhöhte Radioaktivität gemessen worden war.

Frida bestieg die Maschine nach Berlin so schnell sie konnte, schnallte sich an, schloss die Augen. Beim Start spürte sie einen Schwindel, der ihre Gedanken zerwühlte. Kannst du die einfachsten Fragen beantworten? Ob du im Kern eine Gute bist oder ein Miststück. Weißt du, wen du liebst oder gern lieben würdest. Meinst du, es liegt bei dir, das zu entscheiden. Bist du schön. Oder klug. Oder stolz. Warum bist du so gern allein. Und warum hältst du das immer schlechter aus. Hast du ein Alkoholproblem. Macht dir Sex Spaß. Hast du noch Träume, die groß genug sind. Magst du Pflanzen. Glaubst du an die Apokalypse. Wie oft hast du schon verziehen und wie oft aus Gleichgültigkeit. Wie oft hast du betrogen und wann fühlte es sich tatsächlich so an. Kannst du mich hören, Frida. Bist du überhaupt noch da?

Berlin kam näher, Berlin war hier, Frida nahm ihr Gepäck und sah Robert vor der Glastür stehen, darauf wartend, dass sie ihn entdeckte. Seine Umarmung war kraftlos, seit Nächten hatte er kaum geschlafen vor Sorge. Beim Rasieren hatte er sich geschnitten, und sein Blick suchte etwas in Fridas Gesicht, von dem sie fürchtete, er würde es finden.

Dich kann man auch nirgendwo mehr hinlassen, sagte er, und keinem gelang ein Lächeln.

Die Kulisse war ihr vertraut, die Schilder, Straßen, Wege, die Geschäfte am Rand, die Lieder im Radio, der Himmel in Grau. Nichts hatte sich verändert, alles sah genauso aus wie bei ihrer Abreise. Und das konnte ein beruhigendes Gefühl sein, es konnte einem aber auch die Angst in die Knochen jagen, wenn alles immer so blieb.

Robert griff nach ihrer Hand. Du bist ganz heiß, sagte er, du musst was trinken. Seine Stimme hörte sich verschwommen an. Sie selbst fühlte sich verschwommen, konnte nichts scharfstellen. Sie schwankte, als sie aus dem Auto stieg.

Robert trug ihr Gepäck ins Haus.

Leg dich erst mal hin, sagte er. Schlaf ein bisschen.

Er zog sie aus, deckte sie zu, seine Frau, die erschöpft nach Hause zurückgekehrt war, nachdem sie zu lang draußen unterwegs gewesen war, zu viel gesehen hatte und zu wenig gegessen.

2

Erst mit dem Aufwachen kam das Gefühl zu träumen. Die Geräusche aus der Küche, das warme Bett im eigenen Zimmer, ihr Körper war schon hier, lag da ganz ohne Schäden. Frida blickte an sich herunter, die Haut erschien ihr fremd ohne Takeshis Hände, ohne die Berührung seiner Finger, die wahrscheinlich schon Formulare ausfüllten im japanischen Norden, Namenslisten entlangstrichen. Sie wollte sie davor bewahren, wollte seine Augen schützen, vor dem, was er sehen würde, wollte ihm die Nase zuhalten, den Geruch von Verwesung fernhalten von ihm.

Sie hob ihre Hände in die Luft, lange, zarte Finger. Wen die schon alles berührt hatten, und wie wenig sie erinnerten. Nichts konnten sie speichern, sie vergaßen. Die Schwielen in ihrer linken Hand, eine einzelne Ader auf dem Handrücken. Alt. Ihre Hände machten kein Geheimnis daraus.

Sie tastete nach ihrem Telefon, ob dort die Nachricht von Takeshi wäre, dass er ihn gefunden hatte, seinen Namen auf einer Liste, mit einer Nummer davor. Die Nachricht, auf die sie keine Antwort würde geben können.

Robert kam die Treppen hoch und brachte ihr Kaffee ans Bett. Alles in seinem Gesicht lächelte traurig, als er sagte: Ich bin froh, dass du wieder da bist.

Danke, sagte sie und nahm den Becher.

Er setzte sich neben sie, legte eine Hand auf ihr Bein. Sie sahen beide geradeaus, wo nichts war, außer einer weißen Wand.

Du bist so still, sagte Frida.

Du auch.

Er nahm ihr den Becher aus der Hand, trank einen Schluck.

Zum ersten Mal, sagte er, hatte ich Angst um dich, richtige Scheißangst. Dass dir was passiert ist oder was passieren könnte. Und dann hatte ich auf einmal Angst, dass du gar nicht mehr wiederkommst. Ich weiß auch nicht.

Wenn Robert sagte, er wisse auch nicht, dann hieß das, dass er einer Ahnung nicht trauen wollte. Er ahnte vieles, selten Gutes, und darum behielt er ungern recht. Frida schätzte seine Ahnungen vor allem jetzt nicht. Sie drückte seine Hand, wollte alle Zweifel wegdrücken.

Nach einer Weile bemerkte er: Du riechst anders.

Er roch an ihrem Körper, vom Hals bis zu den Füßen, und als er sagte: Nach Kaugummi. Nach Hubba-Bubba-Kaugummi, Erdbeere, da konnte sie lachen und die Erleichterung in seiner Umarmung verstecken.

Wieder glitt sie hinab in den Schlaf. Bilder zogen vorbei. Takeshis nackte Haut, die angespannten Muskeln, sein ruhiges Gesicht, das ihren Namen sagte, es klang wie das letzte Wort einer langen Geschichte. Der Himmel hatte sich verdunkelt, Wassermassen drückten Häuser weit in das Land, Papa-San bei ihrer ersten Begegnung, seine tiefe Verbeugung, Takeshis Narbe knapp über der Brustwarze, Rauchwolken, der schmale Rücken der Priesterin, ihr Gebet, die Beine der Burlesque-Tänzerin, Fridas Haus von außen, der Blick auf den Schornstein, Roberts Umarmung, der gerahmte Garten, ein Schatten mit Ohrenklappen, Männer in Schutzanzügen, und schließlich nur noch leere Räume, sie atmete Staub, stand in einem verlassenen Tempel, dessen Decke auf sie herabstürzte. Sie riss die Arme über den Kopf, spürte eine Last auf den Handgelenken, hörte ihren Namen. Wach auf!, rief jemand, und sie sah in Roberts Gesicht.

Du hast mich geschlagen, sagte er.

Ihr gesamter Körper war in Deckung gegangen. Sie beruhigte sich langsam.

Alles gut, sagte sie, und er nickte.

Es bleibt alles gut, es ist gar nichts passiert, das lässt sich alles wieder aufbauen, das ist alles ganz weit weg. Bist wieder hier, musst dich nur einmal richtig schütteln, und die Dinge fallen zurück an ihren Platz, musst duschen, dein Haus durchschreiten, aufrecht gehen, musst Blumen kaufen und Gefühle abmurksen, das geht schon. Alles bleibt gut.

3

Hinter den Vorhängen ein Märzmorgen und Regen. Frida hörte Stimmen von unten. Jemand lachte.

Im Badezimmer war es ruhig, keine Dusche, die zu ihr sprach. Frida wusch sich die Träume aus dem Gesicht, spülte vierzehn Stunden Schlaf von der Haut, zog sich an und ging hinunter. In der Küche standen Brötchen und eine Flasche Sekt. Am Tisch saß Robert mit ihrem Hausfreund Martin, und der sagte, das müsse gefeiert werden, dass Frida aus der Hölle zurück sei. Er streckte ihr die Flasche entgegen. Doch als sie ihn umarmen wollte, stand er starr da, die Arme an den Körper gepresst. Frida verstand nur langsam, was mit ihm los war: die Angst, dass sie giftig sein könnte, gesundheitsschädlich, verstrahlt.

Das ist nicht dein Ernst, sagte Frida, als sie den starren Martin losließ. Weiß auch nicht, antwortete er. Das fühlt sich komisch an, irgendwie. Bist du sicher, dass du da nichts abbekommen hast?

Gepiept habe ich in Frankfurt auf jeden Fall nicht.

Sie drehte sich zum Schrank um und holte Gläser heraus.

Abbekommen, wiederholte sie. Siebenhundert Kilometer entfernt. Du hast doch 'nen Knall, Martin.

Wir haben uns Sorgen gemacht, sagte er.

Das könnten sie ohne sie besser. Sie wollte nicht reden, es gab nichts zu feiern, sie entschuldigte sich, nahm den Autoschlüssel vom Haken und hörte im Rausgehen noch, wie Robert sagte: Das ist der Jetlag.

Auf dem Weg zum Studio hatte sie sich verfahren, hatte nur kurz in dem Tempel mit dem weichen Holz vorbeischauen wollen, war nach links abgebogen, war sich sicher gewesen, dass er dort sein müsse, gleich hinter der nächsten Ecke. Der Tempel war immer hinter der nächsten Ecke, aber hier war nur der Baumarkt und die Wurstbude davor, und sie hatte auf dem Parkplatz angehalten und die Stirn auf das Lenkrad gelegt. Du bist zu Hause, hatte sie laut zu sich gesagt, zu Hause und nirgendwo sonst.

Wo bist du?, tippte sie und klickte auf Senden. Sie wusste, das war ein Fehler, dass sie jetzt alle paar Minuten würde nachschauen müssen, ob ihre Nachricht angekommen, ob der Status von gesendet zu zugestellt gewechselt war, ob sie Takeshi erreichen, ob es irgendeinen Kontakt geben konnte.

Sie ging direkt ins Aufnahmestudio. Der Raum schalldicht, die Luft alt. Sie lehnte sich an die Wand, konnte ihr Blut in den Ohren rauschen hören, dann startete sie die Computer und Pulte, genoss das Geräusch der hochfahrenden Rechner. Überhaupt sollte es zu jedem Beginn und zu jedem Ende ein Geräusch geben, klare Markierungen, die nicht zu überhören waren und dabei doch zart blieben. Ein Geräusch wie ein Lächeln.

Die Programme öffneten sich, die Aufnahmegeräte lagen

vor ihr, sie schloss sie an. Möchten Sie die Daten jetzt importieren? Ihre Hand über der Tastatur. Ja.

Sie ging hinaus, ließ sich auf das Ledersofa fallen, blätterte im Conrad-Katalog, stand auf, setzte sich an den Schreibtisch, startete auch diesen Computer, hörte den Anrufbeantworter ab, las die E-Mails, löschte die eine Hälfte, markierte die andere. Später, alles später.

Als sie ihre Mutter anrief, brach die in Tränen aus. Ist ja gut, sagte Frida, ich bin ja wieder hier. So war es stets gewesen zwischen ihnen. Wann immer Frida in Schwierigkeiten geriet, musste sie ihre Mutter trösten. Sie sagte dann so lang, dass alles in Ordnung sei, dass es ihr gutgehe, bis sie es selbst glaubte. Während die Mutter weiter weinte, überflog Frida die Nachrichtenseiten.

+++ Taiwanische Fluglinie streicht Verbindungen nach Japan +++

[15.54 Uhr] Die zweitgrößte taiwanische Fluglinie EVA Airways hat alle Flüge nach Tokio und Sapporo bis Ende März ausgesetzt.

Wie sie sich fühle, fragte ihre Mutter, ob sie Kopfschmerzen habe, Übelkeit, ob sie schon beim Arzt gewesen sei, sie wolle doch noch Kinder, ob sie sich habe untersuchen lassen. Sie hatte gehört, die Bundesregierung biete Japan-Heimkehrern eine kostenlose Strahlenuntersuchung an.

+++ Schwere Nachbeben samt Tsunamis erwartet +++

Experten rechnen mit weiteren schweren Nachbeben vor der Küste Japans und warnen vor neuen Tsunami-Wellen. Seit Freitag habe es mehr als 200 Nachbeben gegeben. Drei davon hatten eine Stärke von mehr als 7,5 auf der Richter-Skala.

Es geht mir gut, wirklich. Keine Kopfschmerzen, keine Übelkeit, nichts. Alles ist in Ordnung, und dass sie jetzt arbeiten müsse, sagte Frida und legte auf.

+++ Deutsche TV-Korrespondenten verlassen Tokio +++

[21.20 Uhr] Wegen der sich zuspitzenden Situation im AKW Fukushima haben zahlreiche Korrespondenten deutscher TV-Sender die japanische Hauptstadt Tokio verlassen. Dies teilten NDR, ZDF und die RTL Mediengruppe Deutschland am Dienstag mit.

Mit jeder Minute, die sie zurück war, wurde die Furcht größer. Ein Paradox: als würde das Gefühl mit jedem Kilometer Entfernung wachsen, und war man erst am anderen Ende der Welt angekommen, explodierte es in Panik.

Sie kochte Kaffee, öffnete die Fenster. Zum ersten Mal seit einem Jahr scheuerte sie den Betonboden, wischte den Staub von den Kabeln, kratzte das Eis aus dem Kühlschrank. Schaute auf ihr Telefon:

Takeshi Yamamoto zul. online 14. 03. 11 10:59

Sie putzte das Mischpult, räumte Filmkopien nach Titeln alphabetisch geordnet ins Regal, sie schrubbte das Klo. Dann gab sie auf und setzte sich an den Computer. Sie suchte nach Bildern, klickte sich durch alles durch, konnte nicht aufhören, wollte immer mehr und gleichzeitig kein weiteres mehr sehen. Es war ein Rausch, eine plötzliche Besessenheit, vielleicht hoffte sie, Takeshi zu entdecken auf einem dieser Fotos oder seinen Vater. Doch die wenigen Menschen, die Frida sah, waren fremd oder tot. Auf den meisten Bildern fehlten sie ganz.

Autos, zusammengequetscht, wie Spielzeug sagt man da, Spielzeugautos hingeworfen von einem riesigen, zornigen Kind.

Das Feuer aus einer Fabrik, ein Viertel Flammen, drei Viertel Qualm, Wolken wie fette, weiche Körper. Nicht zu durchdringen.

Ein Klassenraum, die Tische am rechten Bildrand zusammengedrückt, darauf Hausaufgaben im Plastikordner, Buntstiftzeichnungen. Eine Girlande an der Tafel. Der Rest des Raumes ist Schlamm. Keine Kinder mehr da.

Das Militär watet im kniehohen Wasser, zieht ein Boot mit Alten irgendwohin, wo es nur vielleicht ein bisschen besser ist.

Zerborstene Häuser, nichts ist zu erkennen, nur Holz und Plastik.

Ein Zug liegt entkoppelt auf der Seite. Die Waggons sind über die Böschung verteilt. Nirgendwo Gleise.

Ein Helikopter über Meer und Müll. Drei Menschen sind unten an ihm festgegurtet.

Sechs Soldaten mit einer Trage, darauf ein weißes Laken.

Eine Frau im blauen Plastikanzug, mit Mundschutz, Papierhaube, Gummihandschuhen, hält einen Geigerzähler, rechts den Kasten, links den Messstab, der aussieht wie eine silbrige Taschenlampe. Vor ihr ein Kind im Wollpullover. Sein Kopf ist gesenkt.

Fukushima Daiichi. Zwei Reaktorblöcke ohne Dach, nur Gerippe. Die Betonwände hellblau gestrichen, mit weißen Tupfern. Sollten aussehen wie der Himmel.

Das Lachen eines zahnlosen Jungen.

Fische werden gebraten auf offenem Feuer. Die erbärmliche Frage, ob sie die jetzt essen würde, frisch aus dem Meer.

Weiße Iglu-Zelte in einer Turnhalle aufgestellt, unter dem Basketballkorb.

Gewaschene Kleider zum Trocknen an der Luft.

Ein Zweig mit einer aufplatzenden Kirschblüte. Die anderen frieren noch.

Sie hob den Kopf, sah neue Post aufleuchten, spürte ein Zittern von Hoffnung und schließlich Wut, als sie die Einladung las zur Mahnwache vor dem Bundeskanzleramt. *AKWs abschalten! Sofort!*

Vorher, nachher. Den Balken verschieben, bis sich die Bilder auf dem Monitor übereinanderlegten: erst Orte, Straßen, Häuser, dann: nichts. Vorher, nachher, vorher, nachher. Die Auslöschung nur ein Wischen ihres Zeigefingers.

Sie trank Wasser aus dem Hahn, wusch sich die Spuren von Schlamm aus den Augen, hörte ein dünnes Pfeifen, ein Klopfen an der Tür. Sie tastete sich durch den Flur, horchte. Da war es wieder.

Draußen stand Robert, mit einer Ungeduld, die sie nicht von ihm kannte.

Wie geht es dem Jetlag, fragte er, als sie ihm leicht schwankend öffnete.

Wird schlimmer, sagte sie.

Das ist die falsche Richtung, Frida, ganz und gar die falsche Richtung.

Er ging in die Küche und kochte frischen Kaffee.

Frida lehnte im Türrahmen und empfand ihren Schwindel beinah als zärtlich, wie nach einem Tanz, der zu wild gewesen war, was man erst hinterher merkte, beim Zutorkeln auf einen freien Stuhl.

Robert rückte ihre Schultern zurecht. Du bist ja ganz schief, sagte er. Vielleicht falsch zusammengesetzt, entgegnete sie.

Oder einen ziemlichen Schlag abbekommen. Japan hat sich immerhin um drei Meter verschoben.

Er nahm sie vorsichtig in den Arm, und Frida spürte ein seltsam schmerzloses Ziehen in der Brust.

Ich muss an die Luft, sagte sie.

Der Kanal lag ruhig da, aus der Ferne hörte Frida das Rauschen der Schnellstraße. Sie gingen immer weiter geradeaus, einzelne Jogger links am Wasser, einzelne Penner rechts unter der Brücke. Erste Vögel, erste Blätter. Immer weiter.

Bewahren Sie Ruhe!

Öffnen Sie die Türen, um Fluchtwege freizuhalten.

Was ist dir passiert, fragte Robert leise.

Ziehen Sie Schuhe an.

Benutzen Sie das Telefon so wenig wie möglich.

Rechnen Sie mit Nachbeben.

Frida hielt sich an seinem Arm fest.

Eine Imbissstube mit Bockwurst im Brot und ohne Gäste. Ein Kind fiel vom Rad und schrie nicht. Eine Minigolf-Anlage unter Laub. Immer weiter.

Frida, was ist los?

Weiß nicht, mir ist schwindelig.

Sie setzten sich auf eine Bank, und Robert sagte, er könne das nicht verstehen, obwohl er es versucht habe, es gelinge ihm nicht. Dass sie immer nur gesagt hatte: Hier ist alles in Ordnung. Und das auch jetzt noch sagte, dass das alles doch ganz woanders gewesen sei, weit weg. Doch sie sei noch immer woanders. Dass dort irgendetwas passiert sein müsse, sagte er, das überhaupt nicht weit weg war. Das sehe er doch. Frida blickte über den Kanal. Eine Anlegestelle mit Ausflugsschiffen, der Schmutz des Winters lag noch auf Deck.

Gib mir ein bisschen Zeit, sagte sie.

Wofür denn, fragte er erschöpft. Zum Ankommen oder zum Weglaufen?

Frida wünschte sich eine Richterskala, ein gültiges System, mit dem sie das Beben in sich vorstellbar machen könnte. Sie hatte versucht, sich in Sicherheit zu bringen, sie hatte die Fluchtwege freigehalten, das hatte sie immer getan, und auf den Ernstfall gewartet.

Mir ist schwindelig, sagte sie wieder.

Komm, sagte er. Du musst was essen.

Er nahm ihre Hand und zog sie hoch.

Ihre Männer glaubten ans Essen. Verhungern würde sie nicht.

4

Jonas sah blass aus, eigentlich schon durchscheinend. Er löst sich auf, dachte Frida, und es war sonderbar, dass sie plötzlich nicht nur eine gemeinsame Geschichte hatten, sondern auch ein Geheimnis.

Wie war der Flug, fragte er, als wäre das von Bedeutung.

Du kannst da nichts für, Jonas, sagte sie. Ich wollte doch da hin.

Um für mich zu arbeiten.

Mir ist nichts passiert, gar nichts.

Da sah er Frida an und schüttelte schwer den Kopf. Aber es stimmt, dafür kann ich nun wirklich nichts.

Machen wir uns an die Arbeit, sagte sie.

Ob sie von Takeshi gehört habe, wollte er wissen, wie es seinem Vater gehe, ob sie ihn gefunden hätten.

Nein, sagte sie, nein, und er solle sich die Töne anhören, sie sei eigentlich ganz zufrieden jetzt.

Ob Takeshi etwa da hoch gefahren sei.

Ja, aber die Geräusche seien fast komplett. Die wenigen, die noch fehlten, würde sie selbst machen können, die hatte sie im Ohr. Sie wusste jetzt, dass alles zarter klang, als sie es sich vorgestellt hatte. Alles hatte zerbrechlich geklungen.

Ob sie Angst habe wie er, Schlaflosigkeit, Schwindel.

Kein Problem. In einer Woche wäre sie mit der Vertonung fertig.

Ob sie sich verliebt habe.

Nur der Jetlag.

Ob er sie mal in den Arm nehmen dürfe.

Als sie mit Jonas durch die Szenen spulte, von einem Geräusch zum nächsten, begriff sie, dass der Film durch die Decke gehen würde. Das Wort Apokalypse hatte sie noch nie so oft gehört wie in den letzten Tagen. Die Stimmung stand auf Endzeit, und es verdichteten sich die Zeichen, dass die Welt nicht einfach in die Luft flog oder von einem Meteoriten weggesprengt wurde, sondern dass der Untergang ein zäher sein würde. Jonas' Vision war von den letzten Tagen eingeholt, doch nicht überholt worden. Er war der Wirklichkeit noch immer voraus, nur erschien das sterile Leben unter Kuppeln jetzt vorstellbar, wenn nicht sogar wahrscheinlich.

Schon vor zwanzig Jahren habe es die ersten Warnungen vor einer Dreifachkatastrophe gegeben, sagte er. Das ist ein alter Hut. Das eigentlich Erstaunliche sei, dass es so lang gutgegangen ist.

Ich wette, sagte er, sie ziehen keine Konsequenzen daraus. Sie setzen einfach die Grenzwerte hoch, damit alles im Rahmen bleibt. Im nächsten Frühjahr ist das vergessen. Ist doch noch mal gutgegangen, werden sie sagen, war nur der Norden, nicht Tokio. Und Tschernobyl war viel schlimmer. Als wenn das ein Maßstab wäre. Die Japaner verkaufen schon seit Jahren ihre Erkenntnisse in der Geothermie nach Island. Das ist doch schizophren. Es gibt Gegenden, da hat jedes Haus eine heiße Quelle im Keller. Aber nein, sie baden bloß drin. Oder kochen sich Eier im Dampf. Äußerst eigener Geschmack übrigens, hat was von cremiger Asche. Das Eiweiß ist grau, eigrau. Eklig ist das.

Frida legte die Töne weiter an und ließ ihn reden.

Die haben den Gemeinden die AKWs hingeknallt und rundherum Spielplätze, Bibliotheken, Schulen, Krankenhäuser, Arbeitsplätze. Alle haben gejubelt. Das gute Atom. Ausgerechnet in Japan. Das habe ich nie begriffen. Als könnten sie Erinnerungen löschen. Worüber sie nicht mehr reden, das existiert auch nicht länger. Deswegen sind die auch so still, ich sag dir das.

Er hustete.

Darf ich hier rauchen?

Frida deutete auf den vollen Aschenbecher in der Ecke.

Entschuldige, sagte er. Wenn ich mich aufrege, tut es weniger weh.

Auf dem Monitor sahen sie den Tempel. In Holzsandalen klapperte der Mönch durchs Bild: hundertprozentig synchron. Sein Rhythmus schien unbeirrbar zu sein.

Ich hab deinen Tonmann gesehen. Sie erschrak selbst über die Härte ihrer Stimme.

Jonas zog an seiner Zigarette, ein scharfes Einsaugen, ein gedehntes Ausatmen.

Er hat das Gleiche gehört wie du, sagte er schließlich. Immer. Mal lauter, mal leiser, aber ohne Pause. Er war vorher schon krank, da dachten wir noch, er hätte irgendeine Form von Tinnitus.

Warum hast du mir das nicht gesagt?

Wahnsinn ist ansteckend. Schlimmer als ein Virus, sagte er. Nichts verbreitet sich schneller als Paranoia.

Besonders dann, wenn es keine ist. Frida ließ die Tempelszene weiterlaufen und suchte zwischen den Sträuchern vergeblich nach dem Mann mit den Ohrenklappen.

Willst du auch ein Bier, fragte Jonas.

Frida wurde schlecht bei dem Gedanken. Ihr war überhaupt etwas übel jetzt.

Ich hab nicht mal gefrühstückt.

Und ich hab nicht geschlafen, sagte Jonas und ging in die Küche, als wäre er hier zu Hause.

Das kurze Vibrieren ließ Frida erstarren. Sie wagte kaum, das Telefon in die Hand zu nehmen, streckte zitternd den Arm aus. Nachricht von Takeshi.

Alle Wege sind versperrt. Du fehlst.

Ich möchte mehr von diesen Ampelstimmen, sagte Jonas, als er zurückkam, dieses ständige Vogelpiepen macht einen verrückt. Nur so im Hintergrund, jedes Mal, wenn eine Straße im Bild ist.

Frida sah auf den Monitor und nickte.

Alles in Ordnung? Er blickte Frida fragend ins Gesicht. Vielleicht solltest du mal kurz vor die Tür. Du bist ganz weiß.

Ja, sagte sie, stand auf, nahm ihr Telefon und zündete sich am offenen Fenster eine Zigarette an. Der Rauch schmeckte kalt.

Als sie ins Studio zurückkam, waren ihre Wangen gerötet von Kälte und Aufregung. Dass er besser etwas essen gehen solle, sagte sie zu Jonas. Sie werde allein weitermachen. Er solle das nicht persönlich nehmen, aber das hier sei nichts für zwei.

Nachdem er gegangen war, schaltete Frida die Monitore aus, fuhr die Computer herunter und legte sich in dem dunklen Raum auf den Boden.

5

Das Glas aus dem Regal nehmen, den Korkenzieher aus der Schublade, die Weinflasche öffnen. Das war eines der besten Geräusche, und die Korken aus Plastik klangen sogar noch wuchtiger, noch befreiter, da war ein gänzlich anderer Druck dahinter.

Frida trank einen Schluck und starrte die letzte Wand an, an der noch ein altes Regal lehnte und kein Hochglanzschrank. Es war diese Seite der Küche, die sie am meisten mochte. Das Geld hatte immer nur für eine Wand gereicht, und nach dem Sechs-Flammen-Gasherd und dem Elektro-Ofen mit separatem Tellerwärmer hatten sie eine Pause einlegen müssen. Sie blickte in ihr Glas, dann wieder zur Wand, als dort etwas platzte, ganz zart. Es begann direkt unter der Decke und knisterte innerhalb von Sekunden nach unten, zumindest glaubte sie, das hören zu können: eine graue, gestrichelte Linie, ausgestreckt in der Fußleiste endend. Ein Riss in der Wand.

Noch nie hatte sie einem Riss beim Werden zusehen können. Risse waren irgendwann da, und man war sich nie sicher, wie lang schon. Vielleicht hatte man sie jahrelang übersehen. Hätte Frida nicht mit solcher Wehmut die Wand angestarrt, wäre er womöglich unbemerkt geblieben für lange Zeit.

Das Haus ist angeknackst, dachte sie, das braucht Reparatur und Pflege. Es reicht nicht, ein Regal davorzustellen, ein Bild darüberzuhängen, Moltofill daraufzustreichen. So ein Riss ist nur der Anfang. Jeder Zusammenbruch hat mit einem Riss begonnen. Im schlimmsten Fall müsste man das Haus abreißen und neu bauen. Oder gleich umsiedeln. Risse kamen wieder, die kamen aus Grund und Boden, da musste nicht zwangsläufig die Struktur des Hauses schuld dran sein, sie konnten von Wasseradern herrühren, von leichtesten, aber kontinuierlichen Erschütterungen. Merkt man alles gar nicht, da lebt man so drüber weg, bis man dann den Riss hat in der Wand.

Draußen hörte sie Roberts Fahrradbremsen quietschen. Fuhr er mit quietschenden Bremsen vor, konnte Frida ihm die Tür öffnen, noch bevor er vom Sattel gestiegen war. Das hatte Frida von Beginn an gemocht an ihm. Er war niemand, der sich anschlich, plötzlich einfach da war – er kündigte sich an, und sie konnte sich vorbereiten auf ihn.

Ein mächtiger Wind blies da draußen, stürmte fast, Robert schaffte es kaum die Auffahrt hoch.

Eine Umarmung, eigentlich nur ein Schulterklopfen, das war Fridas Art zu lieben, die einzige, die sie bisher beherrschte oder beherrschen konnte. Sie nahm ihn an der Hand, zog ihn in die Küche. Ich muss dir etwas zeigen, sagte sie und stand da mit ausgestrecktem Arm: Siehst du?

Du kannst dieses Regal nicht mehr ertragen.

Nein.

Dir gefällt die Farbe nicht mehr. Versteh ich, war mir schon immer zu unentschlossen, dieses leicht Moosige.

Frida schüttelte den Kopf.

Er ging näher an das Regal heran.

Die Gläser sind staubig.

Da ist ein Riss in der Wand, sagte sie.

Er trat einen Schritt zurück, sein Blick ging im Zickzack umher. Ob er so schlechte Augen hatte, fragte sie sich. Die Wand bestand eigentlich nur noch aus diesem Riss.

Richtig, bemerkte er. Fein wie ein Haar. Den mach ich dir wieder weg.

Ist das alles, wollte Frida wissen.

Robert sah sie fragend an, auch noch, als sie Fotos machte von der Wand, den Riss vermaß. Frida wollte die Sache im Auge behalten, wie sie sagte. Wenn Frida etwas im Auge behielt, hieß es, dass sie es anstarrte, bis alles herum verschwand.

Es ist nur ein Riss, wollte Robert sagen, doch ging er stattdessen schweigend in den Keller hinunter, um nachzuschauen, ob es dort noch Reste von Wandfarbe gab. Sie hätte es selbst getan, doch mangels Talent durfte Frida hier nichts in die Hand nehmen. Sie kümmerte sich um die Computer, die Stereoanlage und den Fernseher. Den Rest erledigte Robert.

Frida lief vor den Fenstern auf und ab, sah in den Garten, zu den beiden Kaninchen im Stall, wollte nicht sitzen, nicht stehen, wollte an etwas anderes denken und doch wieder nicht. Sie schaltete den Fernseher an. In der Wand von Reaktor 4 klafften Löcher, zwei acht Quadratmeter große Löcher, hieß es. Im Brennelemente-Becken kochte das Wasser.

Er würde niemals nach Minamisoma kommen. Wie sollte das gehen? Keine Straßen mehr, nur Schlamm und Geröll. Die Autos zerquetscht oder auf Dächer gehoben, das Benzin war aus. Und wenn es doch hochginge, wenn dieses Scheißding doch noch explodierte, eines davon?

Nichts wusste man und Frida nur, dass sie Takeshi nicht dort wissen wollte. An einem Ort, wo Leichen nicht geborgen werden konnten, wo in den Trümmerbergen rote Fahnen steckten, bei jedem Toten eine. Was waren das für Fahnen, standen die sonst an einem Spielfeldrand? Wie lang würden sie dort bleiben, wer holte sie wieder ab? Der Tod war eine rote Fahne. Wie viele Albträume würde es fortan geben, in denen rote Fahnen wehten?

Sie hörte Robert hinter sich den Riss übermalen, hörte seine Anspannung, ganz ruhig, erstickt beinahe, mit aller Kraft hielt er die Wut unter Verschluss, dass er sich einmal mehr ihren Launen unterworfen hatte und nun nicht wusste, auf wen er mehr wütend war, auf sich selbst oder auf sie.

Frida wandte sich wieder dem Fernseher zu.

Irgendein Experte zeigte, wie ein GAU funktionierte, indem er einen Textmarker in ein Wasserglas hielt und dieses Glas dann in einen Weinkühler stellte. Die Moderatorin guckte den Weinkühler verständnisvoll an.

Frida erinnerte sich an einen Ausflug mit Robert, Jahre war das her. Sie waren einfach losgefahren, irgendwohin, ans Meer, und waren in einem Ostseebad gelandet, das aussah wie das Grauen auf Kredit. Dazu herrschte eine Wespenplage, als wäre es eine biblische Strafe. Es war praktisch unmöglich, den Wagen zu verlassen. Am Ende besichtigten sie die heimliche Attraktion des Ortes, ein stillgelegtes Atomkraftwerk.

Sieht aus wie bei *Tim und Struppi*, hatte Robert ihr zugeflüstert, als sie durch die Gänge liefen. *Tim und Struppi* in Grau. Die einzige Farbe war das Gelb ihrer Schutzhelme.

Auf dem Höhepunkt der Tour durften sie in den Reaktorkern blicken. Sie waren eine Metallleiter hochgeklettert und schauten über den Rand nach unten. In kürzer werdenden Abständen wurde betont, dass niemals Brennstäbe darin gewesen seien. Das Werk war stillgelegt worden direkt nach der Wende. Der Bau gerade fertig und schon abgewickelt. Keine Brennstäbe. Stillgelegt. Abgesagt. Alle Arbeiter nach Hause.

Der Reaktorkern war nicht groß, so groß wie ihre Küche, doch tiefer, höher, je nach Blickwinkel. Frida konnte sich den Druck, der dort herrschen müsste, um nicht nur die Stahlhaut, sondern auch die äußere Betonhülle zu zerfetzen, nicht vorstellen.

Auf dem Bildschirm stand Ministerpräsident Naoto Kan in einem gebügelten Monteursanzug und sprach von der schwersten Krise seit dem Zweiten Weltkrieg. Er rufe das Volk auf, sich trotz der ernsten Lage ruhig zu verhalten. Die Menschen, die sich immer noch in der Nähe des Kraftwerks aufhielten, sollten in ihren Häusern bleiben.

Wie lange, fragte sie sich. Wie lange konnte man sich hinter verschlossenen Türen und Fenstern verstecken. Tage, Wochen, Monate. An welchem Punkt im Leben müsste man stehen, damit es einem egal war, ob man verstrahlt würde oder nicht.

Muss über Nacht trocknen, sagte Robert, der jetzt versöhnlich den Arm um sie legte, obwohl beide wussten, dass Frida es war, die sich hätte entschuldigen müssen. Und darauf wartete er auch, er ging nur voraus, damit sie nachkam.

Tut mir leid, sagte sie, und was ihr jetzt alles leidtat, sie wusste kaum, wo sie anfangen sollte. Und so beließ sie es dabei, und Robert nickte:

Ist gut, meinte er, ist wahrscheinlich bloß der Jetlag.

Sie zuckte kraftlos mit den Schultern.

Na, komm, sagte er. Lass uns los.

Wohin denn?

Frida wollte nicht losmüssen, wollte hierbleiben.

Abendessen, das habe ich dir doch vorhin gesagt. Martin und Astrid haben uns eingeladen, Barbara kommt auch, mit Matthias. Die sind wohl wieder zusammen. Nach zwei Jahren. Den ganzen Stress hätten sie sich sparen können.

Welchen Stress?

Den Schmerz – trennen, ausziehen, Affären, überhaupt da wieder rausgehen. Das kommt mir alles so sinnlos vor, dieses ganze Von-vorn-Anfangen immerzu, und dann wieder am selben Ort rauskommen.

Was wissen wir schon davon, sagte sie und zog sich unwillig die Schuhe an.

6

Matthias hob das Glas: Auf dich, rief er, und dass du heil wieder zurück bist!

Weder heil noch zurück, dachte Frida und stieß mit ihm an, das Glas fast leer und sie noch immer durstig. Da kroch eine Wut in ihr hoch, die fast schon vergessen gewesen war. Es hatte beim Aperitif in der Küche begonnen, als Astrid voller Abscheu sagte: Das ist die Apokalypse da drüben. Und nach einer nachdenklichen Pause: Dass sie nie wieder in ihrem Leben Sushi essen wolle und Grünen Tee nur noch aus China trinken. Ob sie dort etwa Milch getrunken habe? In der Milch ist es ja zuerst. Sie hatte Fridas Schulter gestreichelt mit seltsam spitzen Fingern. Für sie stand Frida schon mit einem Bein im Grab.

Astrid vertrug kein Gluten, keine Laktose und musste nach dem Verzehr von Glutamat brechen. Bei dem Gedanken an Cäsium bekam sie hektische Flecken am Hals.

Frida hatte den Sekt hinuntergestürzt. Das ist natürlich das Wichtigste, dass dein Grüner Tee sauber bleibt.

Wollen wir eine rauchen gehen, fragte Robert und zog sie im selben Moment aus der Küche.

Seit wann muss man denn hier draußen rauchen?

Schon seit Jahren, Frida. Deswegen willst du nie zum Essen herkommen.

Frida schnaubte.

Erinnerst du dich noch an diese Wohnung, wo außen an der Tür die Tasche hing, in die wir alle unsere Telefone legen mussten. Wegen der Strahlung.

Ja, lachte er, wir haben die nie wieder getroffen. Nach dem Essen sind wir sofort gegangen.

Und haben uns an der nächsten Ecke eine Currywurst gekauft.

Es war kalt auf dem Balkon, Mitte März und immer noch Winter. Der hörte gar nicht auf, der ging schon seit Jahren.

Ich fürchte, wir sind altmodisch. Ich meine, wir essen immer noch Fleisch.

Und wir rauchen im Haus.

Bald wird uns niemand mehr besuchen. Wir sind gesundheitsgefährdend. Wir können tödlich sein.

Ist mir egal, sagte Robert. Solang du da bist, können alle anderen wegbleiben.

Unten auf der Straße küssten sich zwei, vielleicht zum ersten Mal. Der Mann schüttelte den Kopf, die Frau lachte. Sie waren nicht mehr jung, und womöglich kannten sie sich schon ein halbes Leben, waren Freunde gewesen und würden es jetzt nicht mehr sein. Sie küssten sich wieder. Frida sah zu Boden. Die Ungläubigkeit gegenüber der Liebe war gewachsen mit den Jahren, das Vertrauen geschwunden mit jedem Verlust. Bis zur totalen Erschöpfung.

Frida nickte schwach, blickte in Roberts Augen und in die Unsicherheit, die sich dort breitmachte.

Ich möchte wissen, was dort mit dir passiert ist, sagte Robert.

Ja, antwortete Frida, drückte die Zigarette aus und ging

zurück in die Küche. Wie ein Jahrzehnt fester Liebe zu so dünnem Eis werden konnte.

Im Türrahmen lehnte sie, unverstanden. Wie auch, wenn du kein einziges Wort sagst, was erwartest du denn? Dass Menschen in dich hineinschauen können, ist doch das Letzte, was du willst. Langsam blendete Frida die Sprache aus, spielte an den Reglern, das hatte sie gelernt, noch während ihres Praktikums, das Gehör trainiert, weg von dem Gesprochenen, bis nur die Geräusche blieben. Kochendes Wasser, Schneiden von Tomaten, der Rhythmus, in dem das Messer auf das Brett traf, das Rascheln einer Bluse, der hohe Polyesteranteil machte sie laut, Schritte auf Holzdielen, eine Hand, die durch langes, stumpfes Haar strich, ein unterdrücktes Rülpsen, Öffnen der Kühlschranktür, Zupfen von Rosmarin. Vollkommener Ausdruck von Harmonie, solang die Worte fehlten.

Ich brauche dich, flüsterte Robert, so nah an ihrem Ohr, dass jede Ausblendtechnik versagte.

In ihrer Hosentasche vibrierte das Telefon. Ihr Herz setzte aus.

Bittend sah er sie an, presste seine Lippen zusammen, musste etwas mit seinem Gesicht tun, das ihr weich und kraftlos erschien.

Mit einer frischen Flasche Sekt drückte sich Matthias zwischen sie.

Sag mal, Frida, warst du wenigstens im Tempel?

Das ist lieb von dir, eine touristische Frage.

Er füllte ihr Glas.

Frag doch einfach mal was ganz Normales, dachte ich mir, vielleicht grinst sie dann wieder. Das steht dir nämlich gut. Wie ein Clown siehst du dann aus, wie ein französischer Clown.

Weinen die nicht immer?

Nur mit den Augen. Alles andere lacht, genau wie du.

Was soll das denn werden, fragte Robert, der mit geleertem Glas neben ihm stand.

Ich versuche, deine Freundin aufzuheitern.

Indem du ihr sagst, sie sähe aus wie ein Clown?

Indem ich mich höflich nach Japans Sehenswürdigkeiten erkundige. Die haben da doch mehr als eine Atomkatastrophe.

Entschuldigung, sagte Frida, ich muss aufs Klo.

Sie drängte sich zwischen den beiden durch, und als sie schon im Flur war, fragte Robert laut: Mit Glas?

Man kann sich überall betrinken, rief sie zurück und hörte ins Schließen der Badtür hinein Matthias noch fragen, ob sie eine Krise hätten.

Eine Weile lehnte Frida an der Tür mit geschlossenen Augen, atmete tief durch. Seine Nachricht bestand aus nur drei Worten:

Ich habe Angst.

Frida setzte sich auf den Badewannenrand, las die Nachricht immer wieder, bis sie antwortete:

Ich bin bei Dir.

Takeshi schreibt … las sie in zarter, immer wieder verschwindender Schrift auf dem Display. Sie konnte ihn beim Tippen beobachten, er tippte und tippte. *Takeshi schreibt* ... und nichts kam an. Die Schrift verschwand und kam nicht wieder.

Frida rückte Haare und Kleidung zurecht, zupfte sich in eine aufrechte Linie, lachte sich selbst zu. Französischer Clown, schön wär's.

Draußen war die Vorspeise serviert und jeder an seinem Platz. Robert fragte nach dem Rezept, als er sie ins Esszimmer kommen sah. Dass er so offensichtlich in ein Gespräch vertieft sein wollte, machte sie traurig, auch wenn sie nicht wusste, ob es das war oder die Tatsache, dass sie einander so widerstandslos durchschauten und doch nicht in der Lage waren, daraus etwas Weltbewegendes oder einfach nur etwas Schönes zu machen.

Sie setzte sich auf den letzten freien Stuhl, wandte sich an Matthias:

Weißt du, sagte sie und spürte sehr deutlich das Gewicht ihrer Zunge. In einen Tempel gehst du, um dich hineinzusetzen und rauszuschauen. Das Innere eines Tempels ist zu vernachlässigen, es ist nur der Ort, von wo aus das Draußen am besten zu betrachten ist. Du setzt dich hin und schaust in den Garten, das Gebäude ist bloß der Rahmen. Da sitzt du dann und bist froh, dass du schon sitzt, denn sonst würde es dich umhauen.

Kommse rein, könnse rausgucken. Matthias lachte zu laut.

Frida goss sich ein weiteres Glas voll und verspürte zugleich ein übermächtiges Bedürfnis nach Schnaps. Den gab es erst nach dem Dessert, aber ob sie so lange durchhalten würde, war eine weitere offene Frage.

Sie übergab sich nach dem Hauptgang – Dorade in Salzkruste, gedünsteter Blattspinat, karamellisierte Möhren –, während der Empfehlungen für das schnellste Standesamt. Sie hatte fünfzehn Minuten auf der Toilette verbracht, und Robert hatte ihr nicht den Kopf gehalten, nicht das Haar aus der Stirn gestrichen, sondern ein Taxi bestellt, in das er sie setzte mit den Worten: Komm gut nach Hause.

Dort war die Tür ins Schloss geknallt, und Frida war in Achten durch das Wohnzimmer getorkelt, in der Hoffnung, sie könne sich neu justieren. Ihr taten die Zehen weh, die Fingerspitzen waren heiß, ihre Kopfhaut juckte. Es war gerade mal elf Uhr.

Betreten Sie keine einsturzgefährdeten Häuser.

Bleiben Sie zusammen. Halten Sie zusammen.

Erwarten Sie keine Hilfe von außen.

Vor dem Haus schrillte ein Autoalarm. Alle zwei Minuten war es kurz still, und für ein paar Sekunden glaubte Frida: Jetzt ist es vorbei. So wurde man wahnsinnig. Wenn man stets irrte bei dem Gedanken, jetzt sei es vorüber, jetzt sei Ruhe. Denn es geht immer wieder los.

Begeben Sie sich zum nächsten Evakuierungszentrum.

Sie konnte nicht zu den Eltern zurück. Das hieße, sie hätte keine andere Bindung hinbekommen. Keine einzige freiwillig. Wohin also, wenn es kracht? Wer hatte Gästezimmer, Schlafsofa und kein Interesse. Bei wem konnte man sich noch in der Küche besaufen, wer machte morgens Rührei mit Schinken oder wenigstens anständigen Kaffee. Wer streichelte einem den Kopf, ohne dabei zu quatschen. Wer wusste nichts besser und hatte es auch nicht vorher gewusst. Wo waren denn alle hin?

Sie starrte auf den Riss. Er war wieder da, war noch größer unter der frischen Farbe hervorgebrochen, hatte die dünne Schicht weggesprengt.

Es ist nur ein Riss, Frida.

Befestigen Sie Ihre Möbel mit Stützen, Haltern oder Gurten.

Achten Sie darauf, dass sich in der Nähe Ihres Bettes keine Möbel befinden, die auf Sie niederstürzen könnten.

Im Gästezimmer bezog Frida das Bett mit weißer Wäsche, nahm eine heiße Dusche und bekam den Dreck nicht ab. Draußen schrie noch immer der Wagen. Sie wünschte, er würde einfach explodieren, so vor sich hin explodieren.

Gegen halb drei hatte sie Robert kommen gehört, er hatte kurz in das Gästezimmer gesehen, wo sie sich schlafend stellte, und vorsichtig die Tür wieder geschlossen.

Frida hatte schon viele Nächte hier verbracht. Das Gästezimmer war die Fortführung des nächtlichen Wegdrehens gewesen, das Herauswinden aus der Umarmung, das Davonlaufen, ohne das Haus zu verlassen.

Sie hörte, wie über ihr im Schlafzimmer seine Hose mitsamt Gürtelschnalle zu Boden fiel. Sie hörte das Bett knarzen. Sie hielt den Atem an.

Sie hörte den Wind draußen, der zu friedlich war, das Brummen des Kühlschranks nebenan, hörte ihr eigenes Herz schlagen, ruhig und gleichmäßig, sie hörte sich ihre Unterhose ausziehen, hörte den Finger ins Feuchte gleiten, hörte sich in einer fremden Sprache stöhnen, leise und hell.

Geht's dir besser?, fragte Robert und schenkte ihr ein Glas Wasser ein. Frida gab einen trockenen Laut von sich.

Die Tatsache, dass du mir rein gar nichts erzählst, sagte Robert, lässt mich vermuten, dass es jede Menge zu erzählen gibt.

Sie füllte Espresso in die Kanne.

Frida, sagte er, wir haben doch schon so viel überstanden.

Ob das eine gute Beziehung ausmachte, wenn man vieles überstanden hatte, ob es darum ging, am Ende heil durchzukommen? Andere hatten Lust auf Narben. Sie stellte die Kanne auf den Herd.

Es war ein bisschen viel alles, sagte sie.

Bei dir ist alles ein bisschen viel in letzter Zeit, antwortete er.

Sie sah, dass er wieder Schmerzen hatte.

Kein Arzt hatte bisher eine Diagnose stellen können, und den Freunden der Küchenpsychologie zufolge tauchten sie immer dann auf, wenn Frida sich entfernte. Er atmete langsam aus.

Was ist mit dir?, fragte sie.

Das ist die Frage, die ich dir seit Tagen stelle.

Es zuckt so in deinem Gesicht.

Ist eben 'ne ehrliche Fresse.

Robert?

Dein Mann hat Schmerzen.

Willst du ein Ei?, war alles, was Frida dazu einfiel. Sie wurde langsam schwachsinnig, eindeutig. Sie versuchte sich daran zu erinnern, wie sie gewesen war, als sie die Dinge noch halbwegs im Griff hatte. Das schien Ewigkeiten her, aber sie musste mal eine passable Frau gewesen sein. Es kam ihr vor, als versuchte auch Robert jetzt, sich an diese Person zu erinnern.

Sie sahen sich an, lang, abwartend, wer den nächsten Schritt tun würde. Ihnen stand kein Kampf bevor, auch die hatten sie hinter sich, auch die hatten sie überstanden, auch wenn ihnen erst spät, erst jetzt klarwurde, in welch miserablem Zustand. Jetzt erst juckten die Narben.

Robert stand vor dem offenen Kühlschrank und sagte: Die Milch ist alle.

Sie blickte in ihren Becher, ins Schwarze. Ihrem Magen gefiel das nicht.

Ich hol welche, sagte er. Ich muss mal kurz raus. Und war schon nach draußen gehumpelt.

Die Tür knallte ins Schloss. Frida saß reglos auf dem Stuhl, den Riss im Rücken. Vielleicht kommt er gar nicht zurück, dachte sie plötzlich, vielleicht verschwindet er einfach, ungeduscht, in alten Kleidern, humpelnd. Vor Jahren hatte sie neben sich auf dem Kopfkissen einen Zettel gefunden, darauf stand: *Bin Zigaretten holen. Kein Scherz.*

Den Zettel hat sie immer noch, im Keller, wo die Erinnerungen staubfrei in einem Karton lagerten. Wenn er jetzt nicht zurückkäme, wäre sie allein mit den Trümmern, und vielleicht, dachte sie, vielleicht wäre das sogar gut.

Der Kaffee wurde langsam kalt.

Legen Sie bereit:
Handtuch
Handschuhe

Kleidung (langärmelig)

Taschenlampe

Helm

Bargeld (inkl. Münzen)

Wasser

Tragbares Radio

Kerzen, Streichhölzer, Feuerzeug, Messer

Toilettenpapier

Gaskocher

Medikamente

Ausweispapiere

Adressen und Sparbücher

8

Auf der Leinwand sah sie den Mann rennen, der Takeshi war. Sie versuchte, sich auf seine Schritte zu konzentrieren, stand auf der in den Studioboden eingelassenen Asphaltplatte und begann auf der Stelle zu laufen. Sie brauchte dringend wieder einen Assistenten. Gerade jetzt. Und doch wollte sie bei diesem Film niemanden in ihrer Nähe haben. Abgesehen davon gab es nicht mehr viele, die in ihrer Nähe sein wollten. Diese Rechnung ging auf.

Frida imitierte Takeshis Bewegungen, lief in seinem Tempo, zündete sich seine Zigarette an, atmete seinen Atem aus, kratzte sich an seinem Arm, trat mit seinem Fuß gegen eine Holztür. Sie verschwand in ihm. Er beherrschte ihre Bewegungen, sie machte seine erst deutlich. Sie spürte den Schweiß auf seiner Haut, spürte die Angst. Sie stand auf seinen Füßen, berührte mit seiner Hand das Gesicht einer Frau. Frida hätte seinen Herzschlag synchron imitieren können. Wenn sie für eine Sekunde die Konzentration verlor, sah sie Takeshi nackt. Als könnte sie auch hier mit einer Fingerspitze hin und her streichen, vorher, nachher. Welches Bild ihr lieber war, wusste Frida nicht, sie strich nur immer wieder hin und her und bekam auch diese Bilder nicht zusammen. Der Mann auf der Leinwand war fremd, jünger, zugleich Jahre älter, in der Mitte aufgebrochen. Nicht mal die Maske hielt ihn zusammen.

Wie er sagte: Schlechte Phase, daran dachte sie, und dass sie so wenig von ihm wusste.

Ihr Telefon leuchtete auf. Keine Worte, bloß Bilder:

Ein Graben, jeden Meter eine Sperrholzwand, dazwischen weiße Säcke mit Blumen darauf. Davor vom Schmerz gebeugte Körper, gesenkte Köpfe.

Ein Teddy auf getrocknetem Schlamm.

Eine weiß-graue Holzbox, darauf mit dickem Filzstift geschrieben die Nummer 441.

Die Hilflosigkeit traf Frida als Schmerz im Unterleib. Ein Schlag, der sich in sie bohrte und nicht losließ, tiefer und drückender wurde, mit allem Gewicht auf ihr lag.

Ein Wegsehen-Wollen, ein Hinschauen-Müssen, in dem Wissen, dass Takeshi nicht weggesehen hatte. Sie wollte da sein, wenn er das Auge vom Sucher nahm, wollte sich der Wirklichkeit entgegenstellen. Hinter ihrem Rücken sollte sie verschwinden, in ihrem Schatten. Sie wollte so groß, so beschützend sein, dass der Tod sich in seine Ecke verkroch. Mit ihrer Liebe alles um ihn herum zerschlagen, Zweifel, Anstrengung, Verlust, und ihn unberührt lassen, heil und schön.

Frida wusste nicht, ob die Bilder ihr den Tod seines Vaters mitteilten, ob er zu einer dreistelligen Zahl auf einer Holzbox geworden war. Sie wusste nicht, ob sie hoffte oder fürchtete. Hoffnung und Angst, das waren zwei Enden desselben Gedankens.

Hast du ihn gefunden?, schrieb sie.

Ein Standbild von Takeshi auf der Leinwand, der den Kopf nur mühsam hochhielt, als säße ihm ein Schlag im Nacken.

9

Bist du noch bei mir?, fragte Robert.

Vor ihm stand eine Flasche Wein und immer noch die Packung Milch. Der erste Laden war geschlossen gewesen, im zweiten gab es nur Sahne, der dritte war der Markt im Einkaufszentrum. Er zitterte. Den ganzen Tag hatte er am Tisch gesessen und auf sie gewartet.

Frida sah ihn an. Nur ein einziges Wort müsste sie jetzt sagen. Ja oder Nein. Mit einem Nein wäre alles zu Ende, mit einem Ja nichts gerettet. Wenn sie könnte, würde sie Oder sagen, das sagte sie schließlich schon seit Jahren, ohne es auszusprechen.

Ja oder nein. Nein oder ja. Links oder rechts. Und niemals

daran denken, wie hoch der Einsatz war. Alte Spielerregel: Entscheidungen niemals vom Einsatz abhängig machen.

Frida konnte den Riss hören, der sich tiefer ins Mauerwerk grub. Viel lauter als der Riss war ihr Telefon, ein erschütterndes Vibrieren in ihrer Hosentasche. *Takeshi ruft an*, las sie, zögerte, sagte: Da muss ich rangehen.

Am anderen Ende Stille, in der Verbindung ein Knistern, darunter sein Atmen, bevor er mit erschreckend grober Stimme sagte: Ich habe ihren Namen auf der Liste gefunden, Satomis Namen. Ich habe nachgefragt.

Er sprach, als würde er diktieren.

Sie wurde gefunden. Nicht weit von ihrem Haus. Sie liegt in einem Massengrab. Später, sagen sie, werden die Leichen wieder ausgegraben, damit man sie bestatten kann. Es gibt keine Särge mehr.

Sie versuchte zu schlucken.

Du musst nichts sagen, Frida. Ich rufe dich wieder an.

Halt, wollte sie schreien, wann? In einer Stunde? Ruf mich jeden Tag in jeder Stunde an.

Aber sie brachte keinen Ton heraus.

Du fehlst mir.

Hatte sie das gehört?

Dann stand es auf dem Display: *Takeshi hat aufgelegt*. Nach wenigen Sekunden verschwand auch diese Nachricht.

Frida ging auf die Terrasse. Die beiden Kaninchen flitzten im Käfig umher. Dieser Garten hatte keine Ordnung, alles wuchs durcheinander. Sie setzte sich auf die regenfeuchte Bank, bemerkte, wie sich die Empfindungen gegenseitig ausschalteten. Mit einem nassen Streichholz versuchte sie eine Zigarette anzuzünden, nahm ein Streichholz nach dem anderen, bis sie die Packung wegschleuderte und Robert neben ihr stand, mit einem Feuerzeug in der Hand.

Wortlos blickten sie in den Garten. Wie viel sie für das Grundstück wohl bekommen würden. Sie rauchten.

Wer war das?, fragte er schließlich.

Ein Freund aus Japan, sagte Frida, wahrscheinlich ist sein Vater tot.

Es hatte wieder zu regnen begonnen.

Kannst du dir das vorstellen? Seine einzige Hoffnung ist, dass sie die Leiche finden. Um ihn zu bestatten, um sich zu verabschieden. Damit er eine gute Reise hat.

Ein Kaninchen nieste.

Letztes Jahr, erinnerte sich Frida, hab ich einen Film über einen Leichenwäscher gesehen, und da gab es einen Satz, den ich nicht vergessen hab: Mit der Waschung werden Erschöpfung, Schmerz und Begierde aus dem Diesseits fortgespült. So etwas sollte es geben für Lebende, dachte ich damals. Alle zehn Jahre, ich will nicht übertreiben. Aber hin und wieder müsste das ziemlich guttun. Ganz ohne das hier rauszugehen, weil es deinen Körper nicht mehr gibt. Ich weiß nicht.

Was weißt du nicht?

Ob man Ruhe findet, ob die Angehörigen Ruhe finden. Ich habe keine Ahnung. Ich glaube ja an nichts.

Du glaubst an vieles, sagte Robert. Du kannst dich nur nicht entscheiden.

Vielleicht sollte ich für ein, zwei Tage wegfahren.

Sie sah in den Garten, der nur noch unscharfes Grün war.

Vielleicht auch länger.

Ja, auch länger. Das ist … ich glaube, das ist eine deiner besten Ideen seit langem. Weißt du, Robert fing an das Unkraut zwischen den Fliesen zu zupfen, ich beginne langsam, väterliche Gefühle für dich zu hegen, und nur deswegen darf ich diesen Satz sagen: Wenn du jetzt gehst, dann brauchst du nicht mehr wiederkommen.

Das ist auch mein Haus, du kannst mich hier nicht rauswerfen, sagte sie. Genau, sagte Robert und warf ein Büschel Unkraut auf den Rasen. Das ist auch dein Haus. Das ist unser Haus, das ist unser Leben. Aber du tust die ganze Zeit so, als wärst du hier nur Gast.

Frida sagte, Stammgast, da müsse man ehrlich sein, und Robert fragte, ob er ihr ein Namensschild auf den Tisch nageln solle. Schließlich würden sie, wenn sie jetzt also ehrlich seien, zwar den Tisch, aber nicht mehr das Bett miteinander teilen. Er bemerkte, dass es, als sie sich kennenlernten, genau andersherum gewesen war. Damals konnte sie mit ihm schlafen, aber war schon vor dem Kaffee am Morgen wieder verschwunden. Wie sehr er sich gewünscht hatte, abends für sie zu kochen, ihr morgens ein Croissant ans Bett zu bringen, damals, als er noch nicht wusste, dass er beides nicht würde haben können. Und wenn er jetzt darüber nachdenke, wenn er noch einmal entscheiden könnte, dann wäre ihm vögeln doch lieber als essen. Was denn eigentlich ihr verdammtes Problem sei, fragte er, und Frida hätte selber gern die Antwort gewusst.

Dann begann er zu schreien, immer wieder schrie er dieselbe Frage. Noch nie hatte sie ihn so gehört, noch nie so gesehen. Er hielt sie an den Schultern fest und brüllte in ihr Ohr, immer lauter. Sie schloss die Augen, verstand seine Worte nicht mehr.

10

Ein Schild verriet Frida, dass sie mittlerweile durch Brandenburg fuhr, Einkaufszentren, Dorfstraßen, Straßendörfer, alles so ordentlich, alles so ahnungslos.

Als sie auf einer kleinen Anhöhe eine Kapelle entdeckte, parkte sie den Wagen und rannte den schmalen Feldweg entlang. Frida war schon sehr lang nicht mehr gerannt, und noch viel länger hatte sie kein Bedürfnis danach verspürt. Es überkam sie mit jetzt solcher Wucht, dass sie an der Kapelle vorbeirannte, weiter den Weg entlang, der nach nur zweihundert Metern endete. Kurz blieb sie stehen, überlegte, ob sie quer durch das Feld rasen sollte, das vor ihr lag, dachte sogleich an einen zornigen Bauern mit Schrotflinte in der Hand – da waren irgendwelche Kindheitserinnerungen im Spiel –, und sie lief den Weg zurück, lief die kurze Strecke vor der Kapelle hin und her, bis sie außer Atem drinnen auf eine Bank fallen konnte und einer lang vermissten Erleichterung nachspüren. Vor ihr stand eine geschnitzte Madonna, die, das konnte Frida nicht anders sehen, zornig aussah. In der Figur gab es keine Ruhe, keine Vergebung, kein Verständnis. Das war ein unheimliches Stück Holz, das aus jedem Wurmloch rief: Scher dich zum Teufel.

Ihrem Blick ausweichend, nahm Frida ein Teelicht und zündete es an, für Satomi. Nahm ein zweites, für den Mann, der sie liebte. Ein drittes für den, an den sie dachte, und noch mal zehn für dessen Vater. Am liebsten hätte Frida die ganze Madonna angezündet, doch da war noch ein letztes bisschen Glaube, ein allerletzter Zipfel: Nur der Glaube an Strafe war ihr geblieben von der christlichen Erziehung, und er besagte: Es kommt immer zu dir zurück, und sosehr du dich auch dagegen wehrst, du kommst hier nicht durch, ohne dich schuldig zu machen.

Sie stand noch lange vor der Kapelle, trübe Landwirtschaft vor den Augen, am Horizont leuchtete ein Aldi-Markt, da fing das Dorf an, da hörte das Dorf auf, vielleicht war Aldi das Dorf. Je länger sie auf die Kulisse blickte, desto weniger von ihr sah sie. Da blitzte ein Arm auf, da wurde der Acker zu Schlamm. Sie sah Takeshi durch Geröll laufen, sah weiße Tücher in der Landschaft liegen und, weiter hinten, rote Fahnen. Sie hörte Takeshis schweren Atem, hörte ein leises Knirschen, einen Zug vorbeirollen, sie hörte Robert brüllen. Ein Grollen in den Ohren.

11

Heftig hatte Frida sich gewehrt, bloß keinen Krankenwagen, das sei überhaupt nicht nötig, bloß keinen Arzt, der doch nur feststellen würde, dass sie nicht ganz in Ordnung sei. Ärzte fanden immer etwas, die mussten schließlich auch von was leben. Der Fahrer des anderen Wagens aber wollte davon nichts wissen, schließlich habe sie mitten auf der Fahrbahn gestanden, einfach so gestanden, hinter einer Kurve noch dazu. Das sei doch nicht normal, hatte er gesagt, das sei doch krank, damit wolle er nichts zu tun haben. Sie sind, hatte er gebrüllt, eine Gefahr für sich und andere, und wie er so um ihre beiden Wagen herumknirschte, den Schaden bezifferte, da wurde offensichtlich, dass er von Verlusten nichts verstand.

So kam es, dass sie, das menschgewordene Gefahrengut, in einen Krankenwagen verfrachtet wurde. Noch am Abend war eine leichte Gehirnerschütterung diagnostiziert und ein Schleudertrauma, und am nächsten Morgen stand erst eine Ärztin vor ihr und anschließend ein Psychologe. Ob sie sich habe umbringen wollen, wollte der wissen und: Nein, sagte Frida, nicht in Brandenburg. Herumliegen wolle sie ebenfalls nicht in Brandenburg, schob sie nach, sie wolle bitte entlassen werden, es gehe ihr gut. Es sei nur alles ein bisschen viel gerade, das Leben und so.

Sie standen zu zweit vor Fridas Bett und sprachen davon, dass sie eine Nacht mindestens bleiben müsse, zur Beobachtung. Davon wollte Frida nichts hören, von diesem ganzen Beobachten, sie wurde ein bisschen laut und fand das angemessen, schließlich ging es hier um sie. Die beiden Kittel verschwanden aus dem Raum, sie hörte sie vor der Tür reden, mit floppenden Gummisohlen über den Gang verschwinden.

Sie mussten ihr etwas gegeben haben. Frida hatte zwölf Stunden traumlos geschlafen, war aufgewacht wie ausgelöscht, und jetzt nicht frei von unpassender Heiterkeit. Ihr Hals steckte in einer stützenden Krause, einer Kopfhoch-Vorrichtung, mit der sie nun durch die Gegend zu laufen hatte. Schleudertrauma, Schleudergedanken, leichte Erschütterung des Gehirns. Das Leben konnte eine plumpe Angelegenheit sein.

Station 7A war eine heimtückische Zwischenstation, die Pause-Taste im freien Fall. Dass man so langsam fallen konnte, war Frida nicht klar gewesen. Sie könnte im Fallen noch Hände schütteln. Wenn sie sich über den Bettrand beugte, konnte sie den Abgrund erkennen. Das ist die Gefahr bei der Liebe, du vergisst den Rest. Du glaubst, da sei einer bei dir und du bei ihm, und das würde so bleiben. Du wähnst dich in Sicherheit. Du lässt dich fallen – in die Liebe kann man sich ja nur fallenlassen –, und erst mal ist gar nichts passiert, nicht einen Kratzer hast du abbekommen. Bloß dann fängst du an, Fehler zu machen. Einen nach dem anderen.

Frida blickte an die Decke. Weiß, frisch gestrichen. Sie lag da und wartete. Vielleicht würde er anrufen, vielleicht würde er fragen, wo sie sei, vielleicht könnten sie beide glauben, es wäre nichts geschehen, könnte Verzeihen möglich sein. Vielleicht würde er sie retten, ein weiteres Mal. Ihr Finger ruhte auf seinem Namen. Sie wartete. Vor der Tür hörte sie das Essen heranrollen.

Sie hatte sich lange durch das Adressbuch geklickt. Ihre Freunde waren gemeinsame, wie alles gemeinsam war. Frida wollte niemanden mit hineinziehen. Und so rief sie den an, der von Robert nichts wusste und von ihr schon zu viel.

Ich hab meinen Führerschein verloren, sagte Jonas.

Kann es sein, dass du eine Menge verlierst?

Und das sagt mir die Frau, die längst den Kopf verloren hat.

Frida legte mit einer müden Bewegung auf. Er hatte recht.

Sie sollte ein Taxi nehmen. Ist man so richtig im Arsch, sollte man ein Taxi nehmen. Dafür sind die weltweit da.

Er rief dreimal zurück, bevor sie abnahm.

Wo soll ich dich abholen?, fragte er.

Du hast doch keinen Führerschein mehr.

Wen kümmert das schon.

Ich weiß nicht, sagte Frida und verließ mit steifem Körper das Bett.

Jetzt mach dir darum bloß keine Sorgen, das ist albern.

Nein, ich weiß nicht, wo.

Von Jonas kam nur ein Stöhnen.

Warte kurz, sagte Frida, drückte das Telefon an ihren Bauch und fragte die Schwester im Gang, wo sie hier sei.

Sie sind im Krankenhaus, antwortete diese. Sie sind in Sicherheit.

Hätte sie gekonnt, hätte Frida den Kopf geschüttelt. Doch jetzt fragte sie aufrecht: Welche Adresse hat das?

Die Krankenschwester kicherte, wie es nur Achtzehnjährige können.

Am Hang 3, sagte sie.

Und als Frida weiter nur fragend geradeaus guckte, sagte sie: Spremberg. Spremberg in Brandenburg. Deutschland, sagte sie und kicherte erneut. Danke, sagte Frida, nahm das Telefon wieder hoch und diktierte.

Eine Stunde später hörte sie ein Skateboard über das Linoleum rollen. Ihr fiel auf, dass sie Jonas noch nie hatte gehen hören. Er hatte keine Schritte. Dafür fuhr er ein goldfarbenes Mercedes-Cabriolet aus den frühen neunziger Jahren, das Verdeck trotz Märzkälte geöffnet.

Das ist doch nicht dein Wagen, oder?, fragte sie.

Um Gottes willen, sagte Jonas. Das ist der Zweitwagen meines Vaters.

Ich dachte, der sei Diplomat?

Ja, und?

Sieht aus wie 'ne Zuhälterkarre.

Steig ein, Krause. Steig einfach nur ein. Wenigstens zahlt dir die Krankenkasse den Schal.

Er hielt ihr die Wagentür auf. Ich hoffe, du weißt, wohin du willst.

Frida versuchte vergeblich ein Nicken. Ihr wurde klar, dass sie mit dieser Halskrause mehr würde reden müssen als gewohnt.

Bring mich nach Hause, sagte sie und hatte keine Ahnung, ob das die richtige Entscheidung war.

Er sah zu ihr herüber.

Ich mach heute frei. Und morgen geht's weiter.

Du kannst doch so nicht arbeiten.

Ich kann immer arbeiten, Jonas. Ich kann nicht schlafen, nicht essen, nicht die Wahrheit sagen, aber arbeiten kann ich. Am Ende wird das vielleicht das Einzige sein. Sie war ein depressives Miststück, wird man sagen, aber ihre Geräusche waren die besten. Keiner konnte so guten Wind machen wie sie.

Ach, Frida.

Da war wieder dieses Stöhnen. Es fing langsam an, sie zu reizen.

Was stöhnst du so?

Stöhne ich?

Ja, du stöhnst, so ein altkluges Stöhnen. Ein Besserwisser-Stöhnen.

Ach so, das. Das habe ich von meiner Mutter. So konnten wir uns tagelang unterhalten. Vielleicht erinnerst du mich an sie.

Frida blickte starr geradeaus, was sollte sie sonst tun.

Aber das macht nichts, sagte Jonas. Mit meiner Mutter kam ich gut klar.

Mit dem Oberkörper drehte sich Frida zu ihm um.

Jonas trug ein Grinsen im rechten Mundwinkel. Und an meine erste Freundin erinnerst du mich auch.

Sie drehte sich zurück, in die entgegengesetzte Richtung. Ihr Blick ratterte durch die Bäume am Straßenrand.

Es stimmt, sagte er. Du bist ein depressives Miststück.

Danke, sagte Frida.

Wenn es schlimmer wird, schicke ich dich zu meinem Analytiker.

Wie der das wohl findet, dass du eine Mischung aus deiner Mutter und deiner ersten Liebe im goldenen Cabrio deines Vaters durch Brandenburg chauffierst?

Er wird begeistert sein. Solche Geschichten machen ihn richtig wach. Er findet die Sache auch so schon sehr interessant.

Du sprichst mit deinem Therapeuten über mich?

Natürlich, sagte er. Über irgendetwas muss ich ja mit ihm reden. Seit acht Jahren gehe ich da hin, und ich würde sagen, ich bin zu Ende erzählt. Ich nutze das jetzt mehr beruflich.

Darf ich hier rauchen?

Wir sind draußen, sagte er. Mach mir bitte auch eine an.

Frida brauchte zwei Kilometer, bis die Zigaretten brannten.

Satomi stand auf der Liste, sagte sie nach dem dritten Zug.

Was? Jonas hatte sich am Rauch verschluckt, und das klang hässlich.

Satomi, die erste und letzte Liebe von Takeshis Vater.

Jonas beschleunigte den Wagen, dass Fridas Gesicht spannte im Wind. Sie biss die Zähne zusammen, versank im Sitz, suchte Deckung hinter der Windschutzscheibe, und als sie nach zig Kilometern an einer Ampel halten mussten, meinte Jonas, er wolle so schnell wie möglich allein sein.

Du kannst mich am nächsten Bahnhof rauslassen, sagte sie.

Ich fahre dich nach Hause, und dann ist gut.

Frida verstand nicht. Und dann ist gut, hieß nichts anderes, als hinter einem großen Haufen Scheiße die Tür zuzumachen. Nie wieder öffnen, nicht drüber sprechen, nicht drüber nachdenken, vergessen. Und dann ist gut. Bis irgendwann das ganze Gebäude zusammenbricht. Dann ist nicht mehr gut, was nie gut gewesen war.

So schmal, wie seine Augen jetzt waren, musste er das ähnlich sehen. Solche Türen ließen sich nicht schließen. Solche Türen hatten die Angewohnheit, locker in den Angeln zu hängen. Solche Türen waren schnell verzogen und aus schlechtem Holz. Mit solchen Türen kannte sie sich aus.

12

Den Riss hatte er rot gemalt, ein merkwürdiges Rot, wie Blut, und an der Stelle, wo der Riss auf den Boden traf, lag sein Schlüssel. Nirgends ein Zettel. Was hätte da auch draufstehen sollen.

Sie ging in den Garten, um die Kaninchen zu füttern, und noch bevor sie es sah, hörte sie es. Da fehlte die Hälfte. Er hatte Lotte mitgenommen und ihr Hans dagelassen. Er hatte das perfekte Paar getrennt, und der schuldlos Verlassene saß hier, drückte seine Nase ans Gitter, und seine Ohren zuckten wie bei Frida die Schultern. Sie nahm ihn auf den Arm, stolperte in Ellipsen durch den Garten, streichelte seinen Kopf. Er sah zu ihr auf, nichts konnte er verstehen. In seinen Augen erkannte Frida nur die eine große Frage: Warum?

Sie streichelte ihn hinter den Ohren, minutenlang über dieselbe Stelle, bis er zubiss. Aus ihrem Daumen quoll ein einziger Tropfen Blut, den sie ableckte, der gut schmeckte, nach ihr.

Sie hatten lange auf dem Boden in der Küche gesessen, als es klingelte. Das Tier rannte sofort zur Tür und klopfte mit dem Schwanz auf den Boden. Niemand hatte ihm das beigebracht, überhaupt war Hans nur dreimal im Haus gewesen, und jetzt benahm er sich wie ein Wachhund oder wie ein Liebeskranker, der bei jedem Geräusch glaubte, sie käme doch noch zu ihm zurück.

Auch Frida glaubte das, obwohl sie es besser wusste. Wer seinen Schlüssel so hinterließ, würde nicht nach ein paar Stunden wieder um Einlass bitten. Wenn überhaupt, nach Wochen und Monaten. Robert neigte nicht zu spontanen Entscheidungen. Er war ein sturer Hund.

Es klingelte wieder. Draußen stand Martin. Er trug so viel Sorge im Gesicht, dass sie am liebsten reingeschlagen hätte.

Darf ich?, fragte er, stand schon im Flur und schloss die Tür hinter sich. Er sah Frida an: Habt ihr die repariert? Die knallt ja gar nicht mehr.

Frida machte sie auf, wieder zu. Noch einmal, weil sie es nicht glauben konnte. Keinen einzigen Ton gab die Tür von sich. Robert hatte ihr nicht einmal das Knallen gelassen, er hatte mit sich das Wesen des Hauses entfernt, und sie blieb in einer Kulisse zurück.

Alles okay?, fragte Martin, und sie sah Falten auf seiner Stirn, oben längs und gerade zwischen den Augen. Mit gestütztem Kopf stand sie vor ihm.

Sehe ich so aus?

Nein, sagte er, du siehst aus wie ein Trümmerhaufen. Wo ist denn dein Auto?

Weg. In Brandenburg.

Und wo ist Robert?

Auch weg.

In Brandenburg?

Nein. Keine Ahnung. Auf irgendeinem Sofa, im Hotel, bei seinen Eltern, ich weiß es nicht. Nicht hier, auf jeden Fall, und das heißt wohl: weg.

Sie standen in der dunklen Küche, zwischen ihren Füßen das hoppelnde Tier.

Warum ist das hier so dunkel, wollte er wissen, und Frida fand, dass er zu viele Fragen stellte, und er sagte: Tut mir leid. Hast du was zu trinken? Wenn es dich nicht stört, sagte er noch und schaltete das Licht an.

Sie tranken schweigend, bis Martin es nicht länger aushielt.

Willst du mir irgendetwas erzählen?

Ehrlich gesagt: Nein.

Mit gemeinsamen Freunden war es eine seltsame Sache: Gehört er zu mir, zu dir, wer kannte ihn zuerst, wer kannte ihn besser, mit wem bliebe er befreundet, wenn es das Uns nicht mehr gab.

Martin blickte sich um. Die Halskrause, der blutrote Riss in der Wand, der Schlüssel auf dem Boden.

Er hat dich doch nicht geschlagen?

Quatsch.

Ich verstehe das nicht, sagte er. Ihr wolltet heiraten.

Frida blickte zu Boden. Daran wollte sie nicht denken, an die Ehe, die Schulden, daran, wie Robert sagte: Von der Liebe verstehst du gar nichts. Sie wollte jetzt keine Tränen, keinen Trost nehmen, keine Erklärungen geben.

Zumindest Robert hat das gewollt, sagte Martin. Das hab ich gesehen.

Martin war oft der Meinung, er hätte etwas gesehen, er hielt sich für hellsichtig. Wogegen schon seine eigene verödete Ehe, die er als *normal glücklich* beschrieb, sprach.

Ihr liebt euch doch, setzte er nach.

Martin, sagte sie. Ich will einfach nicht reden. War nett, dass du hier warst.

Er würde sich melden, wenn er etwas von Robert hörte. Was, das wusste Frida, das Letzte sein würde, was passierte.

Martin trank sein Glas aus, drückte ihre Schulter und zog lautlos die Haustür hinter sich zu.

Erschöpft schaltete sie das Licht wieder aus, lehnte schon an der Wand, um daran hinunterzurutschen, als das Telefon zu klingeln begann. Mit einer irrigen Hoffnung ging sie ran und nahm etwas aufgeregt Piepsendes wahr, was sich nach längerem Hinhören als Stimme herausstellte. Sie hörte *KiKA, Kindergeburtstag, Vorführen,* hörte: *Krach.*

Das Wimmern kam, noch bevor sie auflegen konnte. Dann brach es aus ihr heraus: ein Weinen, so heftig, dass sie zu Boden ging und dort für Stunden blieb.

Die feuchte Halskrause lag neben Frida auf dem Kissen. Sie drehte sich auf die andere Seite. Manchmal verlor sie einen Gedanken beim Umdrehen, als wäre ihm die Strecke zu weit, als hinge er fest in der anderen Gehirnhälfte, schaffte nicht den Weg. Wenn dieser Trick funktionierte, dann höchstens für eine Minute. Manche Nächte hatte sie damit verbracht, sich fortwährend von der einen auf die andere Seite zu wälzen, eine Flucht im Liegen, danach war der Nacken verrenkt, und im Kopf rollten Bilder, Gedanken wie Kugeln.

Lag sie auf der linken Seite, hörte sie Robert zurückkommen, seinen Gürtel auf den Boden fallen, sie drückte sich an seine Brust, versteckte sich in seiner Achselhöhle, dem einzig sicheren Ort.

Drehte sie den Kopf nach rechts, hörte sie Flugzeuge starten, Schiebetüren sich öffnen, Rolltreppen, die sprachen, Sicherheitshinweise auf der Rückbank eines Taxis. Spürte sie die Umarmung von Takeshis geschwächtem Körper.

Lag sie auf dem Rücken, war es still.

13

Draußen bekräftigte das Auswärtige Amt die Reisewarnung für Tokio und den gesamten Norden. Vor dem Bundeskanzleramt gab es Mahnwachen, drinnen wurde über den Ausstieg verhandelt. In Deutschland waren die Jodtabletten ausverkauft. Ein sogenannter Tschernobyl-Arzt sprach über eine *Verstrahlung von innen*. Die Sorgen und die Furcht, dazu die finanziellen Probleme in den belasteten Gebieten könnten langfristig Krebs auslösen. Die Berichterstatter meldeten täglich neue Opferzahlen, neue Risse am Gebäude, aktuelle Messwerte aus der Region, mit denen kaum einer etwas anfangen konnte. Überhaupt wusste man nur eines: Alles war außer Kontrolle. Die Korrespondenten zogen ab, der Ausnahmezustand blieb stabil. Man gewöhnte sich an alles.

Nur Frida gewöhnte sich an nichts. Mehrmals am Tag las sie sich durch die Nachrichtenportale, aber je mehr sie erfuhr, desto klarer wurde das Nicht-Wissen, die Lücken. Die Informationen kamen tröpfchenweise, so langsam und zart, dass das Fass nie überlief. Nachts schlief sie kaum noch, aus Angst vor der Einsamkeit. Sie betrat das Schlafzimmer nicht mehr, nickte manchmal auf dem Sofa ein, eine halbe Stunde, eine Stunde. Der Schlaf ein Schatten in Eile.

Takeshi rief nicht noch einmal an. Er schickte ein einzelnes Bild: Ein Mann marschiert aufrecht die Straße entlang, um den Hals das Foto einer Frau. Es bedeckt seinen Oberkörper nahezu ganz. Das Gesicht doppelt so groß wie sein eigenes.

Übermorgen könne sie in Tokio sein, schrieb sie ihm und verließ fünf Tage nicht das Haus. Sie wusste nicht, wozu. Sie war kein Hund, der draußen scheißen musste.

Am Ende der Woche kam trotzdem einer mit der Leine und sagte: Ich kann Frauen, die sich gehenlassen, nicht ertragen.

Dazu reichte Jonas ihr einen Kaffee im Pappbecher, eine Tüte mit Croissants, frisch gepressten Orangensaft in einer Plastikflasche und sagte: Frida, ich brauch dich jetzt. Der Film, du erinnerst dich.

Leider ja.

Es gibt da ein paar Leute, die den sehen wollen, fertig. Toronto, Locarno und so weiter.

Sicher doch.

Das ist kein Witz, die Festivals reißen sich drum. Beim deutschen Verleih lassen sie schon die Korken knallen.

Der Film zur Stunde, sagte Frida müde.

Gestern habe ich auf dem Klo einmal die Arme in die Luft gerissen. Danach habe ich mich den ganzen Abend geschämt. Ohne Fukushima würde sich kein Schwein dafür interessieren.

Komm doch kurz rein, sagte Frida und ahmte beim Schließen der Tür leise den Knall nach.

Dein Film, sagte Frida, war vor Fukushima schon umhauend. Nur war er vor zwei Wochen noch Science-Fiction.

Die Zukunft ist immer bekannt. Schau dir die Dinge an, sagte Jonas, dein eigenes Leben, beziehe die Risikofaktoren mit ein – die Anlagen, das Streben –, und schließe das Glück aus. Schon hast du die Zukunft.

Was willst du mir damit sagen?

Nichts will ich damit sagen. Trink deinen Saft, iss dein Frühstück, und lass uns ins Studio fahren. Lass uns weitermachen. Alles andere hat gar keinen Sinn.

Genau, sagte sie schwach, zog ihre Schuhe an, die mit Absatz, die zum Aufrechtgehen.

Dennoch, Jonas redete weiter vor sich hin, ist es so, dass wir das Glück nicht kommen sehen. Das Glück ist immer eine Überraschung. Falls man Glück überhaupt für möglich hält. Was man sollte. Das Unglück aber, das siehst du schon als Punkt am Horizont. Von dort läuft es auf dich zu, du siehst es die ganze Zeit kommen und denkst, vielleicht will es woandershin. Aber das Unglück will nicht woandershin, es will zu dir. Es läuft direkt auf dich zu, und du wirfst dich auf den Boden, weil du glaubst, dann sieht es dich nicht, dann ändert es vielleicht den Kurs. Nebenan gibt es doch Leute, die könnte es auch treffen, aber nein. Es läuft und läuft, genau auf dich zu, und wenn es da ist, bietest du ihm noch einen Kaffee an, weil du nicht unhöflich sein willst, und schon ist der Mist in deinem Haus.

Was also bedeutet, das hättest du mir gleich sagen können.

Sie hielt ihm die stille Tür auf.

Sei nicht egozentrisch. Aber ja, das hätte dir nun wirklich jeder gleich sagen können.

Aber warum, zum Teufel, sagt dann niemand was? Alle tätscheln einem über den Kopf und sagen: Wird schon wieder. Als sei man ein lahmendes Haustier, eine welke Pflanze. Immer dieses Wird-schon-Wieder.

Sie wurde langsam wach. Diese ganz elende Beruhigung immer. Hoffnung und der ganze Scheiß.

Frida, sei ehrlich, du hast doch mit niemandem gesprochen. Wer nicht redet, darf sich nicht wundern, wenn er nicht verstanden wird.

Ach, dieses Reden immer. Wir reden und reden, erzählen uns das Intimste und verstecken uns zum Heulen auf Toiletten. Manche sogar zum Freuen. Du darfst alles sagen, aber nichts zeigen.

Willst du das?

Was?

Mir was zeigen?

Jonas, du willst deinen Film fertigkriegen, und das will ich auch. Also machen wir das.

14

Im türkischen Grill, ein paar Straßen weiter, bestellten sie Lamm. Sie hatten zwölf Stunden durchgearbeitet, und es gab nur Lamm. Mit Brot, mit Reis, mit Peperoni, Kartoffeln. Jonas und Frida saßen am Tresen, dahinter der Grill, in dem das Feuer flackerte und rauchte. Zwei Männer in bespritzten Hemden wendeten die Koteletts.

Aus den Boxen Türk-Pop, die Tischdecken aus Wachs, oben leuchtete die Neonröhre. Eine Idylle, wie Frida sie schätzte. Ihr Sinn für Romantik sei unterentwickelt, hatte Robert oft bemängelt. Wenigstens kein Bemängeln mehr.

Und du meinst, die kriegen das hin bei der Mischung, diese geschlossene Akustik?

Es soll klingen wie unter einer Kuppel, aber kaum hörbar. Wenn wir Glück haben, bleibt nur ein vages Gefühl. Dann wäre es gelungen. Das ist ja das Verrückte, dass es alles gibt, Straßen, Menschen, Autos, Vergnügen, Arbeit, all das, was Lärm macht, aber kein Außen, keinen Wind. Die Geräusche, die Stimmen müssen klarer klingen, härter vielleicht. Selbst wenn die Kuppel gigantisch ist, wäre die Stadt ein geschlossener Raum. Das hörst du kaum, du kannst es aber fühlen. Man muss Frequenzen wegnehmen. Wirklich begreifen werden es die Leute erst, wenn sie wieder auf der Straße stehen. Nach einem Konzert kommst du raus mit Fiepen in den Ohren, alles klingt wattig. Bei uns wird es umgekehrt sein. Die Leute bekommen das Fiepen vom Draußen. Die Welt wird ihnen entsetzlich laut erscheinen, undifferenzierter Lärm, von überall her. Sie werden sich nach deiner Scheiß-Zukunft zurücksehnen, auf dem Weg zur U-Bahn.

Das wäre perfekt.

Das eigentliche Grauen liegt wohl darin, dass man es sich wünscht. Die abgeriegelte, sichere, saubere Welt. Den maximalen Schutz. Das Grauen fängt an, wenn du aus dem Kino raus bist.

Und das kriegen wir hin?

Ja.

Frida biss in das Lammkotelett, und als sie den rauen, scharfen Geschmack auf der Zunge spürte, hatte sie zum ersten Mal seit Tagen das Gefühl, das Leben könnte weitergehen. Der einzige Haken: Sie würde bei jedem guten Stück Fleisch an Robert denken müssen. Durch ihn hatte sie überhaupt erst essen gelernt, und als sie den letzten Knochen abnagte, wehrte sich alles in ihr gegen die Vorstellung, er könnte Vergangenheit werden, zur Erinnerung verkommen, die hinter jeder Ecke lauern würde.

Sie starrte auf den Teller voller Knochen, Jonas stellte zwei frische Biere auf den Tisch, strich ihr vertraulich über das Haar. Ohne Worte schien er zu fragen: Woran denkst du?

Auf die Zukunft, sagte sie, und er nickte. Frida erhob die Flasche und sagte: Die hoffentlich nie kommt.

Hast du, fragte Jonas, nachdem er sein Bier halb geleert hatte, neben allem anderen, eigentlich auch finanzielle Probleme?

Äußerst einfühlsame Frage.

Ich meine das ernst. Du hast diese Schatten unter den Augen, die schon fast auf den Wangenknochen aufliegen. Schlaflosigkeit, Erschöpfung machen dunkle, aber begrenzte Schatten, und das, was du da im Gesicht hast, ist, entschuldige bitte, nahezu uferlos. Um es abzukürzen: Brauchst du Geld?

Frida hob abwehrend die Hand.

Warum nicht?

Sich Geld leihen zu müssen, ist demütigend. Ganz oben stehen die Schwiegereltern, dann die eigenen Eltern, direkt danach kommen die Jüngeren.

Falls doch …

Danke, Jonas.

Ich meine ja nur. Jemand muss sich um diese Schatten kümmern.

Herrgott, ja. Es wird sich jemand um diese Schatten kümmern. Ich zum Beispiel.

Schlag auf deine Rechnung zwanzig Prozent drauf, okay? War kein leichter Job.

Frida hatte es irgendwann aufgegeben, sich gegen Geld zu wehren. Sie hatte, wie man so sagt, gelernt anzunehmen. Sie hatte gelernt einzustecken. Manchmal war es sogar Geld. Dass sie es nicht bei sich behalten konnte, war eine andere Geschichte. Darum nickte sie bloß, und Jonas nickte zurück. In einem zweiten Zug leerte er den Rest seines Bieres, holte neue Flaschen aus dem Kühlschrank, der beim Öffnen klingelte.

Takeshi?, fragte er, als er sich wieder setzte.

Schickt bloß noch Bilder.

Was für Bilder?

Das hier kam vorgestern. Vor vier Tagen? Ich weiß nicht mehr.

Sie gab Jonas das Telefon mit den Fotos, lehnte den Kopf an seine Schulter.

Und wir trinken hier zusammen.

Jonas schaute sich die Bilder an, und sein Körper wurde hart. Sie spürte seine Anspannung in jedem Muskel, und doch achtete er darauf, dass ihr Kopf blieb, wo er war. Er blätterte sich durch die Bilder und sagte:

Wir trinken zusammen, weil wir denselben Mann lieben. Mehr kann man kaum gemeinsam haben.

Als er versuchte, ihr wieder über das Haar zu streichen, zuckte sie zurück. Richtete sich auf, nahm noch einen Schluck. Sie hörte das Fett auf den Kohlen zischen. An der Wand tickte billig eine Uhr.

Der Kühlschrank klingelte, Frida nahm die große Flasche, knallte den Raki zwischen sich und Jonas auf den Tresen.

15

Time Machine konnte das Back-up nicht abschließen.
Time Machine hat seit 20 Tagen kein Back-up von Ihrem
Computer erstellt.
Vergewissern Sie sich, dass Ihre Back-up-Festplatte verfügbar
ist.

Als der Film von Jonas fertig abgemischt war, hatte Frida beschlossen, dass das Aufrechtstehen überschätzt würde. Seitdem saß sie in dem verlassenen Haus, zwischen dem, was Robert zurückgelassen hatte. Nichts von den gemeinsamen Dingen hatte er mitgenommen, außer dem Kaninchen und der Festplatte. Eine unheimliche Wahl. Sie hatte keine Ahnung, was auf der Platte gespeichert war, wie viele Geheimnisse sie wohl hatte. Ob es Geheimnisse gab, die in ein Dokument passten. Ob ihn noch irgendetwas überraschen könnte, oder ob er sie längst auswendig kannte. Seit zwanzig Tagen kein Wort. Davor Worte, täglich, zehn Jahre lang, das bedeutete: immer.

Frida hatte im Keller gesessen, vor sich den Karton mit Fotos, Briefen, Eintrittskarten, Flugtickets, Erinnerungskitsch. Ein altes Bild aus ihrer gemeinsamen Wohnung, direkt nach dem Einzug, nur eine Matratze auf dem Boden, eine Lampe daneben, einer der glücklichsten Tage. Eine Rechnung aus dem Restaurant, wo sie sich das erste Mal zum Essen trafen: bloß noch ein dünner, verblichener Zettel. Man hatte sie dort um halb drei gebeten zu gehen und ihnen zum Abschied eine Flasche Wein geschenkt für die Nacht. In dem Karton befanden sich nur Anfänge, die Erinnerung sammelt Anfänge, vom Ende will sie nichts wissen.

In der großen steckte eine kleinere Schachtel. Frida wusste, welche Überwindung es sie gekostet hatte, sie dorthin abzuschieben. Vier Jahre war das her, und es befanden sich keine Briefe darin, nur ausgedruckte Kurznachrichten. Zwei Fotos und Dutzende von Nachrichten aus drei Monaten. Nachdem Robert es herausgefunden hatte, war sie für eine Woche ins Hotel gezogen, um dort, auf seinen Wunsch hin, nachzudenken. Nach drei Tagen war sie zurückgekehrt, hatte die Box gefüllt und anschließend sofort in den Keller gebracht. Sie hatten nicht wieder darüber gesprochen. Roberts Zweifel waren nie vergangen, die Vorwürfe schneidend still. Zur selben Zeit hatte er angefangen, das Bein nachzuziehen. Ein Humpeln, das man zuerst für rheumatisch gehalten hatte.

Auf ihren Knien lag der Computer. Sie sah die Meldung auf dem Bildschirm nicht zum ersten Mal, spürte einen Druck im Bauch, versuchte zu erkennen, in welchem Organ der Schmerz ankam. Doch der Schmerz hatte keine Spitze, er war dumpf und weit. Ein einzelnes Organ wäre ihm wohl nicht genug.

Zwanzig Tage. Noch immer ging Robert nicht ans Telefon, seine Existenz bewies sich bloß in Kündigungen, die ihr zugestellt wurden. Das Stromunternehmen schickte eine abschließende Rechnung. Das Festnetz wurde einfach abgestellt. Man bedauerte die Auflösung der Partner-Bahn-Card. Robert hatte sich in Luft verwandelt, die auf der Haut brannte. Oder war das der Frühling? Im Frühling, das hatte sie von frei herumlaufenden Idioten gehört, sieht die Welt bestimmt schon ganz anders aus. Das stimmte. Die Welt sah ganz anders aus, aber sie hatte nichts mit ihr zu tun. Blauer Himmel und Grün an den Bäumen. Man könnte mal die Fenster putzen.

Takeshi schrieb ihr jeden zweiten Tag. Er hatte den Norden verlassen, verlassen müssen. Die halbe Welt schickte Helfer, die schnell wieder verschwanden. Das Rettungsgebiet war Sperrgebiet geworden, nur mit entsprechendem Ausweis, nur mit Schutzkleidung zu betreten. Takeshi besaß keinen Schutzanzug und nicht den richtigen Ausweis. Er gehörte bloß zur Familie. Er war zum DNA-Test gebeten worden. Er würde informiert.

Darauf wartete er, darauf wartete sie. In dem Apartment eines Freundes sei er jetzt, in Tokio, da wollte er bleiben, fürs Erste. In die kaiserliche Idylle von Kyoto könne er nicht zurück. Er sehe sie überall und ihn auch. In der Wohnung säßen Papa-San und sie lachend auf dem Sofa, einen Augenblick später seien beide verschwunden.

Takeshi ging, während er auf die Todesnachricht wartete, in Spielhallen, brüllte auf den ersten Demonstrationen und zerbrach Regenschirme, die es für hundert Yen an jeder Ecke gab. Er kaufte sie dutzendweise, um sie zu zerbrechen, er wisse nicht, wohin mit seiner Wut. Manchmal traute er sich nicht aus dem Haus, aus Angst, jedem, der einfach nur weitermachte, die Rippen zu brechen.

Im Supermarkt gab es jetzt Wasser von überallher, die wahrscheinlich größte Auswahl, die Japan je gesehen hatte. Ein gigantischer Absatzmarkt war entstanden, seit die größte Stadt der Welt nicht mehr aus der Leitung trank.

Frida stand im Garten, hielt Hans eine Selleriestange hin, die er verschmähte, als hätte er an dieses Gemüse dieselben knochigen Erinnerungen wie sie. Er fraß kaum noch und hatte Fell gelassen. Zerrupft sah er aus. Sie legte sich auf die Bank neben den Käfig, und Hans wartete auf ihre ersten Worte, wie jeden Tag. Ihre Analyse ging seit fast drei Wochen.

Als sie gerade ansetzte, hörte sie drinnen ihr Telefon klingeln. Frida lief ins Haus, sah seinen Namen auf dem Display, schluckte und stand aufrecht.

Sein Arm wurde gefunden, sagte er, sein Arm ... sie haben gesagt, dass viele so gefunden werden, so ... es war mehr ein Ringen um Luft als ein Atmen: so ... Nur den Arm.

Wie geht es dir, Takeshi?

Er wusste es nicht. Er sagte, er spüre gar nichts mehr, und dass er sich vorhin eingepinkelt habe, weil er nicht mal mehr spürte, dass er aufs Klo musste.

Ich möchte zu dir kommen, sagte sie.

Danach war es still, so still, dass Frida wusste, sie waren nicht mehr verbunden.

Die Erdbeben-App auf ihrem Computer schlug Alarm, eine Verbindung, die sie nicht hatte kappen können, die sie immer wieder zusammenzucken ließ. Die Nachbeben rüttelten an Tokio, als könnten sie nicht akzeptieren, dass die Stadt unverwüstlich war.

Als Frida die Zahl neben dem Epizentrum im Norden sah, einen Kreis, dessen Ringe Tokio mit einschlossen, musste sie sich setzen. 7,1 – so heftig war seit dem 11. März kein Beben mehr gewesen. Die Tsunami-Warnung folgte, weitere Meldungen gab es nicht. Die Nachrichtenseiten schwiegen, neue Erschütterungen blieben aus. Nach ein paar Stunden nichts als eine Bestandsaufnahme. Vier Tote und 140 Verletzte. Kein Tsunami. Keine Explosion. Nur Frida kam nicht mehr zur Ruhe.

反響

HANKYŌ

Echo,

Resonanz

In der Ankunftshalle saßen die Angestellten und vertrieben sich die Zeit. Einen ruhigeren Flughafen hatte Frida nie betreten. Das Abstempeln ihres Passes hallte noch Sekunden lang nach.

Obwohl Takeshi gesagt hatte, dass er sie nicht abholen könnte, suchte sie nach ihm. Ihr Blick streifte die wenigen Männer, die vor dem Ausgang warteten und alle aussahen wie Chauffeure, nicht einer wie Takeshi, egal, was er durchgemacht hatte. Sie folgte den Schildern zum Narita Express, hatte das Gefühl, sich auf Schienen zu bewegen. Obwohl sie niemals an diesem Ort gewesen war, gab es keine Irritation, keinen Zweifel, keine Frage, in welche Richtung sie müsste.

Takeshi würde sie in drei Stunden abholen in dem kleinen Hotel, das er ihr empfohlen hatte. Die Wohnung seines Freundes lag nur ein paar Straßen weiter. Das letzte Loch, hatte er gesagt. Da kommst du nicht hin.

Als sie an der Station Shibuya ankam, war die Hälfte der Rolltreppen ausgeschaltet, sie sprachen nicht, und auch die Hinweisschilder waren unbeleuchtet. Auf einem Monitor stand über einem roten Balken: 89 Prozent. Bei 100 Prozent würde es den gefürchteten Black-out geben. Das behaupteten zumindest die Stromunternehmen.

Frida setzte ihre Füße auf den Asphalt von Tokio und stand einfach nur da. Um sie herum war alles in Bewegung. Menschen, Busse, Autos. Sonst hörte sie nichts. Wie ein

Stein im Fluss war Frida, sie hockte sich hin, legte die Handfläche auf die Straße und spürte den Boden zittern. Er war frühlingswarm und vibrierte.

Du siehst traurig aus, war das Erste, was Takeshi sagte.

Sie lächelte ihn an. Ich habe ein Gerstenkorn.

Er kam näher heran, sein Auge dicht an ihrem. Das stimmt, sagte er. Du siehst nur rechts traurig aus.

Gefällt es dir?

Ich mag Frauen, die eine traurige Seite haben.

Frida begann am Kopf zu schwitzen. Es begann immer am Kopf. Wenn er sie nicht sofort umarmte, würde es auf das Dekolleté übergreifen. Fünf Minuten später wäre ihr gesamter Körper schweißnass. Das kannte sie bereits, sie hatte es manches Mal erlebt, als sie noch unsicher war und glaubte, dass niemand sie je lieben könnte. Da waren ihr die Poren aufgegangen vor Sehnsucht.

Er ging an ihr vorbei und legte sich auf das Bett. Da bist du also, sagte er, du bist tatsächlich gekommen.

Sie stand noch immer an der Tür, schwitzend und mit einem Mal gar nicht mehr sicher, ob das eine gute Idee gewesen war, hierherzukommen.

Du bist dünn geworden, sagte sie.

Ich kann nicht mehr essen.

Du weißt, begann Frida, und er unterbrach sie sofort: Ja, ich weiß. Ich kann mir vorstellen, von hier wegzugehen. Ich kann mir vorstellen, woanders zu leben. Aber es ist keine schöne Vorstellung.

Sie verstand ihn. Und es tat weh.

Zögernd ging sie auf ihn zu, legte sich neben ihn, gemeinsam schauten sie aus dem Fenster. Die Dämmerung im Quadrat. Soll ich die Dächer für dich abtragen lassen?, fragte er. Dann hättest du einen schöneren Ausblick.

Sie wollte ihn küssen, doch er verschloss die Lippen, und als sie sich abwandte, sagte er: Komm, ich zeig dir Tokio. Hast du eine Taschenlampe dabei?

Sehr witzig, sagte sie, und er meinte: Eine Empfehlung des japanischen Fernsehens. Die Seitenstraßen seien so finster, dass die Zahl der Überfälle sprunghaft angestiegen war. Plötzlich hatte Tokio ein Kriminalitätsproblem.

Straßenkriminalität, sagte Takeshi. Alles andere gab es vorher. Sie lassen keinen Versuch aus, uns in den Wohnungen zu halten. Wahrscheinlich meinen sie es sogar gut.

An den Häusern hingen schwarze Werbetafeln wie Elektroschrott. Nichts leuchtete, nichts blinkte, das Vergnügungsviertel Shibuya war vom Netz gegangen, der Jahrmarkt geschlossen, das Fest vorbei, und morgen würde abgebaut. Dass sich Hunderte von Menschen durch die Straßen bewegten, beruhigte Frida. Zumindest die Menschen waren noch da. Sie wollte nach Takeshis Hand greifen, doch er schob sie in die Hosentasche, was sie noch nie bei ihm gesehen hatte. Anders als in Kyoto wich ihm hier niemand mehr aus. Ob das am Ort, an der Zeit oder an Takeshi lag, vermochte Frida nicht zu sagen.

Nach Odaiba wollte er, Tokyo Bay. Da war er oft gewesen in den letzten Wochen, hatte er gesagt. Das musst du sehen.

Die führerlose Bahn schlängelte sich zwischen den Wolkenkratzern hindurch. Sie konnten auf die Schreibtische in den Bürotürmen sehen, Tausende waren es, Hunderttausende wahrscheinlich. Niemand lebte hier, hier wurde gearbeitet bis zum Herzstillstand. Jetzt aber brannte in den meisten Fenstern kein Licht, die Scheiben waren blinde Spiegel. Blade Runner, dachte Frida.

Über zehn Minuten drehten sie Schleifen, verließen die Bahn dann an einem verlassen wirkenden gläsernen Bahnhof. Takeshi führte sie in den nächsten Supermarkt, zeigte stolz auf die Regale: Siehst du, sagte er. Das Bier ist wieder da. Er füllte den Korb, Dose um Dose hielt er ihr vors Gesicht. Tomatenbier, sagte er. Sehr gesund. Das musst du probieren.

Als wäre sie eine ferne Bekannte, die kurz mal auf Besuch vorbeikam, weil sie gerade in der Gegend war. Frida verstand nicht, warum er ihr jetzt fremd sein wollte.

Mit zwei schweren Tüten lief er vor ihr her oder vor ihr weg. Die Straße war sechsspurig, dahinter erkannte sie den Pazifik, der müde an Land schwappte. Sie zogen die Schuhe aus und liefen über den schmalen Strand, die Dosen schlugen dumpf aneinander. Ein Mädchen stand knietief im Wasser und lachte.

Hier ist es gut, sagte Takeshi und setzte sich in den Sand. Frida ging noch ein paar Schritte weiter, bis das Wasser ihre Zehen berührte. Am Horizont lag die Skyline von Tokio, bis auf vereinzelte Lichter erloschen.

Sie sah die Umrisse der Wolkenkratzer. Der Tokyo Tower, erklärte Takeshi, die Rainbow Bridge. Eine ausgeschaltete Skyline. Nie hätte sie erwartet, dass ihr der Anblick Angst machen könnte. Grundtiefe Angst. Ruckartig drehte sie sich um, stolperte fast über Takeshi, verschüttete sein Bier. Als sie ihn küsste, konnte sie spüren, wie er verschwand.

Frida, sagte er und: Was möchtest du trinken?

Ein Bier, sagte sie. Aber bitte ohne Tomate.

Er öffnete die Dose für sie, Schaum spritzte heraus. Sie stießen an: Auf Papa-San, sagte er, sagte sie, und dann schauten sie in die dunkle Ferne, und Takeshi fragte: Siehst du den Mond?

Frida nickte.

Einmal möchte ich seinen Hintern sehen.

Takeshi, warum bin ich hier?

Weil Abschiede wichtig sind.

Wovon redest du?

Von uns. Von mir. Meinem Vater habe ich nicht Auf Wiedersehen gesagt. Ich habe ihn auf dem Sofa liegen lassen. Wahrscheinlich konnte er sich am nächsten Tag kaum bewegen. Ich hätte ihn ins Bett bringen müssen, nicht dich.

Aber wir sind noch da, sagte Frida. Es gibt uns. Ich will mich nicht verabschieden.

Aber ich würde es gern, antwortete er.

Sie sah Takeshi an, sah ihn ausdauernd an, bis er wegschaute. Bis er auf seine Bierdose blickte und sagte: Ich werde heiraten, Frida. Ich wohne hier nicht bei einem Freund.

Kein Gelächter mehr. Das Mädchen war verschwunden.

Seit wann geht das?

Zwanzig Jahre. Wir sind zusammen zur Schule gegangen.

Sie blickten beide auf die schwarze Skyline.

Es ist alles anders geworden, sagte er. Ich habe den Arm meines Vaters bestattet. Man ändert sich, wenn alles sich ändert. Es ist Zeit, sich irgendwo festzuhalten.

Fridas Blick war verschwommen.

Es hat nichts mit dir zu tun.

Das ist ja noch schlimmer.

Er packte sie plötzlich am Arm. Hast du das gespürt? Hast du das nicht gespürt? Es hat wieder gebebt.

Nein, musste sie sagen, ich habe nichts gespürt. Da war doch nichts.

Takeshi strich ihr über den Kopf und sagte: Fahr nach Hause, Frida.

Damit stand er auf und verschwand in Richtung der Stadt. Ein Mal noch drehte er sich um, für einen letzten Blick.

Frida blieb allein am Strand, vor sich eine Tüte voller Bier, schaute auf die erschöpften Wellen. An der kalifornischen Küste wurde der Ball eines japanischen Jungen angespült. Seine Adresse stand darauf. Ein Ort, den es nicht mehr gab.

Im Hintergrund hörte sie die Bahn Richtung Zentrum davonfahren. Seine Bahn. Frida erhob sich. Nicht zum ersten Mal. Nicht zum letzten Mal.

Mit einem großen Dank an Laura und Stefan Biedermann, Satomi Fukui, Franziska Gerstenberg, Friederike von Königswald, Philip Meinhold, Alexander Moosbrugger, Andreas Schiekofer, Johanna Straub, Matthias Teiting, Raimund Wördemann, Junko Yamaoka und ganz besonders an Malte Jaspersen und Martin Langenbach, die mich durch Japan und die Geräusche führten.